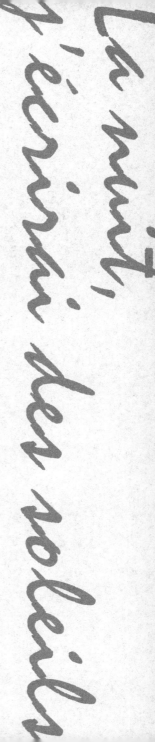

我在深夜
书写太阳

文字、记忆与心理复原

Boris
Cyrulnik

[法] 鲍里斯·西瑞尼克 著

陈霞 译

上海文化出版社

目　录

当时，他破天荒地说了一句话：

"妈妈，请把盐递给我，好吗？"

让人难以置信。

"儿子，你说话了！你居然开口说话了！为什么之前一直不开口呢？"

"因为直到目前为止，一切都好，妈妈。没什么需要说的。"

如何理解这则微寓言[1]？

话语只是用来填补空缺的吗？如果我们的灵魂相通，那么，不消只言片语就能相互理解，体察他人的感情，揣度他人的意愿，了解他人的信仰。为了让话语直达心灵，应先分离，而后与分离之人保持话语上的联系。

话语诞生于不完美的关系中，也由此创造了一个新的世界，朦胧、神秘、迷人，有时还令人着魔。过去，词语仅仅指示所指之物，例如"叉子"这个发音，指的就是一种用牙齿咬上去感觉坚硬的物体。而如今，这个词是对物品的描述："这把叉子神奇而又危险，因为我弟弟想把它插进我的胳膊里。"抑或："这把叉子触动了我，因为我亲爱的祖母有天晚上把它交给了我。"词语的情感光晕俨然成为对世间万象的演绎。

第一章
用以缔结关联的词语

说话是为了缔结关系；书写是为了给不定之世界具形，为了走出迷雾并照亮精神世界的一隅。口中所吐之言是一种真实的互动，笔下所写之词则能修正幻想。

孩子一旦开始说话就会发现，母亲不在时，只要用一幅画就能让他承受母亲的缺席。当母亲再度归来，小画家向她展示作品并围着她叽叽喳喳以再次建立联系。眼前之人的空缺刺激了孩子的创造力，而伴随言语的画作则激起了依恋之情。如果母亲一直不在孩子身边，这一切都会终止，精神世界的活动将不再启动。如果母亲一直在孩子身边，持续的依恋会令孩子的精神活动变得迟钝。这就是为何痛苦会催生出艺术作品，但这并不意味着艺术作品的诞生都伴随着痛苦，就如同所有的母牛都是哺乳动物，但并不是所有的哺乳动物都是母牛。

"为什么痛苦总是最受青睐的创作题材？"[1]

因为用词语缝合伤口是消解痛苦的最佳方式。有人曾这样问夏洛特·德尔波（Charlotte Delbo）："为什么在奥斯维辛集中营里命悬一线时还要写作？"为什么年仅 14 岁的安娜·诺瓦克（Ana Novac）要冒着生命危险在纸袋碎片上写作？为什么日尔曼·蒂利翁（Germaine Tillion）会在拉文斯布吕克集中营与狱友共唱自编自谱的戏谑轻歌剧²？为什么安托南·阿尔托（Antonin Artaud）用写作来"走出炼狱"？为什么让·热内（Jean Genet）不惜以拙劣的扒窃罪行被捕入狱来逼迫自己"以写作走出监狱"？

一首诗、一则寓言、一计妙思、一首歌曲都能改变现实，使之变得可以接受，亦会引起内心深处的愉悦。词语世界的构建让人得以逃避可怕的现实。

笔下的世界不是对口语世界的书面翻译，而是一种创造：所选之词是对现实的裁剪，而现实又赋予该词以归宿。"为了报仇而写作"或"为了正名而写作"，诸如此类明确的目的将灵魂引向隧道尽头的光明。能直达心灵的表物之词必会赋予事件以意义，它源自我们的经历和故事。我曾记得在大屠杀幸存者协会的一次会议上，主席在汇报协会当年活动时说道："我们的会议涉及众多人员，协会事务繁多，我们应该要寻找一位……应该要寻找一位……"话说到这里卡了壳，有些尴尬地说不下去了。这时有人笑了笑，说："总不能去寻找一位'合作者'[①] 吧!"对于那些在纳粹迫害犹太人时期幸存下来的人，"合作者"这个词承载了与他们亲身经历息息相关的特殊意义。在和平年代，这个词或许只是简单地表示我们将在一起共事，但对于经历过战争和告密的人来说，这个词散发着死亡气息，令人难以启齿。

对于歌手安娜·西尔维斯特（Anne Sylvestre）来说，"虞美人"这个词是一种"呐喊"，一种"呼唤"，"是一个在麦田里疯狂奔跑的脸蛋儿红扑扑的词"[3]。在她看来，"解放"这个词是一道裂缝，"当我们还是孩子的时候，当我们时而偏爱不幸的时候，这个词是我们要背负的沉重的羞耻"[4]。作为"二战"期间多里奥（Doriot，前共产党人，后效力于纳粹党卫军）的拥护者以及被纳粹主义诱惑的共产党员，安娜的父亲——她那战时对别人施加迫害的至亲，曾在战后把整个家庭拖入不幸。1945 年，如同所有精神受创的人一样，安娜也无法言说她经历的那些痛苦，因为这些词句曾使她的回忆鲜血淋漓。于是她选择缄口以减少伤痛。作为沉默的囚徒，她最终冒险尝试用歌词来表达。

---

① 原文为 collaborateur，意为合作者、协作者，特指"二战"期间与法西斯德国合作的法国人。——译者注

"自她知晓，画面中那些被围捕的孩童，那些遍体鳞伤的孩童，那些烈火焚身的孩童……她的眼泪绝不能偿赎她曾有一段幸福的童年这一罪责。"[5] 对她来说，"解放"一词意味着羞耻，一种当别的孩子遭受难以承受的折磨之时，自己却作为一个幸福的小女孩而生活的差耻。因此，她需要通过创作歌曲来"曲线救国"，通过歌曲美化现实，并构建只属于她自己的现实。

德占区解放的意外消息竟使这个小女孩的世界土崩瓦解："你深爱的父亲参与屠杀了一百多万儿童。"这句话对她来说无异于晴天霹雳。安娜难以承受重击，便把自己痛苦的情绪借由诗歌转化成感人且优雅的表述：

> 这是所有转变的联系之所在，是导致芭蕾舞者从足尖跌落或是天鹅又变回丑小鸭的隐形分割线……我又一次自忖，如果说立即就地死去是最简单的选择，那我又要做些什么。我在那儿哀求着，哀求谁，哀求些什么，却不甚明晰：
>
> 帮帮我！
>
> 在我微笑着
>
> 坠入虚空之前。[6]

芭蕾舞者在舞台上光鲜亮丽，令人着迷，但转身到了幕后，现实暴露，苦痛复现。诗歌布置了一方舞台，上演着充满想象的现实。在诗歌的温存之中，被美化的苦痛带有独特的个人色彩。

第二章
词语所呈现的世界

话语应有未尽之处，以便留下诠释的空间。精准的话语只不过是一种指示，是事物的标记，没有情感，没有脉搏，仅仅是用来引出答案的信息。为了激活思想的乐趣，就需要幻想，需要搭设语言的舞台。

荷兰人列文虎克（Van Leeuwenhoek）在改进了显微镜后，观察到了一枚精子，一个被一层薄膜包裹的微小生物，它因此得名：细胞。但是到了 20 世纪，电子显微镜进入实验室以后，科学家发现细胞膜上有如此多的管道，当初就该称这些细胞为"漏勺"，如此便改变了对这一事物的描述。圣经中的"房屋"一词指的是已存在了数千年的事物，放在 21 世纪，这个词指的则是不同的生境。爱弥尔·左拉笔下的"工人"一词与我们今天所说的"工人"绝非处于相同境遇的对象。"死亡"一词不仅仅代表生命的终点，我曾听到一个巴勒斯坦少年对另一个孩子这样说道："你的父亲比我的父亲更伟大，因为他被敌人杀害了。"由此我明白了，对于这个孩子来说，父亲死亡时的情境远比死亡本身更有意义。"我的父亲死于衰老"和"我的父亲死于战斗"，这两句话展现了对死亡的不同表述，并导致了对死亡的不同定义。相同的词汇所引起的感受是不同的，甚至可以说是截然相反的。

笔下所写之词拥有转变的力量。"人一旦学会读书，便成了阅读者"[1]，你不再是原来的你，你已经改变了自己做人的方式。"文学，同其他艺术形式一样，证明了仅仅活着是不够的……"生命只是一个生物学上的词汇，是必要却又不足的存在。艺术是对这种生命的否定，文字陷阱创造了存在的感觉！唯一的真实即灵魂；只与肉体相关的一切"与我无上纯净而又崇高的幻想相比，都显得庸俗不堪……在我看来，这些幻想才是最真实的存在"[2]。

事实上，事物的真实性往往是不可感知的，必须借助科学手段使之变得可见且可懂。填充人们精神世界的并不是现实，而是通过幻想和叙事形成的对现实的描述。我们意识不到自己荷尔蒙的分泌或大脑的运作，但当我们被外部世界的描述支配之时，恰是所说所写之词为我们赢得了一方自由之土。为了站立或呼吸，我们别无选择，身体必须无意识地向现实妥协。不过，当我们用语言对构建了自我表征的事件进行记录时，便可通过叙述对事件不断加以修改。

第二次世界大战给我带来了一段混乱的童年。1944 年 1 月 10 日，六岁的我被依附德军的法国盖世太保逮捕了，那个早晨，我知道了自己是犹太人。之前并没有人告诉我，因为我身边已经没有犹太人了，他们不是被关进了奥斯维辛集中营，就是加入了法国军队或参加了法国抵抗运动。为了保护我，我身边的基督徒正义之士们也没有告诉我这一事实。解放之后，当我讲起我六岁那年的被捕、逃亡和斗争时，大人们笑了起来，因为这样的现实对他们来说是难以想象的。他们的不信任让我在随后的四十年里对此事缄口不言。在找到了档案和见证者之后，我想重新思考这段奇异的童年。我以调查而非自传的形式写了一本书³，我把自己的记忆与官方资料做了对比，并且我又回到战时之地，遇见了那个混乱时代的几位见证者。我在政府的资料里发现了一些我所不知道的事实，这些事实与我讲述的故事颇有出入。我去了波尔多的犹太教堂，这个教堂在 1944 年曾被改作密布着铁丝网的监狱，当时里面的士兵都荷枪实弹。我不得不承认，我记忆中的场景与事实的真相以及建筑的原貌并不相符。我遇到的几位见证者和我一样经历了德国占领时期，经历了孤儿收容所的生活及波尔多、贝格莱和卡斯蒂隆-拉巴泰尔的解放，然而我不禁诧异，我们之间的记忆差别竟如此之大。

最让我震惊的是我对自己记忆的篡改。写完这本书之后，童年的回忆就开始以不同的方式呈现在我眼前。四十年间，它一直是无声的，如同默片一般由清晰的画面构成。在写完这本书，在经历了解释、辩论、发现甚至是批判之后，我的童年不再是沉默的想象，而是成了可被阅读的事迹。从那之后，我觉得我童年的记忆像是另一个孩子的，有趣却又零散。写作改写了我的回忆。

如今我了解了，得益于内心的记叙、与三五近亲分享的故事以及文化语境对我们破碎童年的讲述，书写出与现实不同的故事是完全有可能的。

第三章
偷走情感的大盗[1]

　　被遗弃的新生儿几乎没有存活的希望。母亲的身体为婴儿提供了第一个感官生境，监控着婴儿的生长发育。出生后最初的几个月，生境开始扩大，并根据不同的家庭结构融入另一个感官基础，另一个我们称之为"父亲""祖父"或"姨母"的依恋对象。也就是说，在生命的最初，社会结构为孩子设置了行为和语言上的监护人，他们将引导幼儿的身心发展。

　　有时，这个生境会因为母亲生病、家庭暴力、社会动荡、饥荒、疫病、战争及其他人类社会并不罕见的不幸事件而改变。生长在这种环境中的孩子就构成了拥有不幸出身的群体。环境的改变影响着幼儿最初的自我构建。当母亲死亡且没有情感替代者，即另一个以自己的身体、行为和言语来构筑新的生境并继续监控幼儿身心发展的对象时，生境甚至会消失，孤零零的孩童也会死去。生境一旦改变，不好的开始会让孩童的成长受到影响，但这种波及效应并不是必然的，这就是为什么一些出身不幸的孩子仍有可能改变人生轨迹。

在原始社会，族群这一结构可以弥补母亲的缺失。族群里的男男女女，三三两两，比肩而行，捕猎小动物，采摘蔬果。刚失去母亲的幼儿可以在族群组成的生境中继续成长。当文明日趋复杂，技术逐渐区分出不同的群体。高效的武器和精准的陷阱使猎人群体更为专业，前往远方狩猎的男性不再是新生儿最初生境的组成部分。到了新石器时代，圈养牲口和播种农作物成了族群的两大活动，感官生境也在新的环境中生成。当母亲死亡或不能照顾幼儿时，那一时代的文明会为幼儿提供一个新的生境，保障其生存。情感替代者的人选取决于该种文化影响下孩子受教育的方式。在一种较为原始的文化中，小男孩们会追随男性，模仿他们的行为并学习狩猎、打鱼、畜牧和耕作；小女孩们则追随女性，学习照看农田、家庭及幼儿。奇怪的是，教育上的性别局限却给了孩子自由的感受！在巴西的贫民窟、秘鲁和哥伦比亚的印第安部落或马格里布的南部，我看到孩子们四处玩耍着、奔跑着，完全不用担心安全问题。每个成年人都是家长，对所有孩子负责。孩子们则对这些成年人言听计从，绝不会跑出村子。

由于气候、技术、战争以及赋予不同行为以不同价值的叙述的演变，感官生境的结构也随之有了变化。这种相对封闭的、自身文明薪火相传又极具约束力的村落形式一直维系到了19世纪工业大发展时期。"1797年，政府出台了一项举措，鼓励最早一批工厂主雇用收容所的儿童。"² 当噬人的疫病使孤儿的数量与日俱增，当赤贫的父母认为他们的孩子在收容所能过上稍好一点儿的生活，遗弃便不再被视为一种罪行。收容所里都是无家可归的儿童，女孩被送去做包揽一切的女仆，男孩被送去做农工或在新兴工厂里做些零碎活。独居者、农业定居点及天主教机构被指望收留一些孤儿。比起今天，他们肩负的对孤儿的教育使命并不算沉重：可容身入睡的一角，公共餐桌上的大锅饭，以及过早地工作，这些对孤儿们来说就是生活的全部。诸多文学作品都描述了这种教育的不足：爱弥尔·左拉的《家常琐事》，维克多·雨果的《悲惨世界》，莫泊桑的《一生》，查尔斯·狄更斯的《雾都孤儿》……在作家的笔下，出身不济的孩子们在遇到了善良的资产阶级家庭（奥利弗·崔斯特）、参与了社会解放运动（加夫罗契）或结识了一位富有同情心的成人（珂赛特）后，变得坚强起来，有些甚至彻底告别了小偷小摸的行径。这类呈现命运逆转的文学作品与文化上的刻板偏见——无家可归的孩子会变得蠢笨或会走上歧途——背道而驰。在这样的文化表达里，社会给出的回应是惩戒少年小偷和雏妓。

为什么遗弃您的孩子？
——我每天只能挣到 20 苏。
——你没有父母可以依靠，可这笔账总是要算的……

——因为我们无父无母就得去坐牢？

——是的，去坐牢，就是这样。³

到了 20 世纪，对弃儿的成见依然存在。让·热内出生于
1910 年，他在七个月大的时候成了弃儿，随后被木匠及烟草商
查尔斯·赫尼耶一家收留。

当时，莫尔旺的福利机构声誉还算不错。⁴ 被抛弃的婴儿可
以住在收养者家里，可以喝到母乳，到了十二岁左右被送去做
工，为已建立亲密关系的收养家庭带去一份收入。

让·热内在很小的时候就被一个善良的家庭收养了。家里除
了他，还有两个孩子——贝尔特和乔治，以及另一个来自公共救
助机构的孤儿露西。他们组成了一个稳定而又快乐的家庭。热内
在教堂唱圣诗，并且通过了小学毕业考试。在这个家庭里，大家
亲切地交谈，赫尼耶夫人称热内为"我的让"，跟法国中部的普
通家庭无异。热内的姐姐，也就是同样被收养的露西·维尔茨证
实："赫尼耶一家是村里最好的人家了！……我从没见过像我父
亲赫尼耶先生这么善良的人。"热内深受母亲疼爱，可以在家里
为所欲为。⁵ 这个宠儿，"家里的小皇帝"⁶，没有给家里制造任
何麻烦："我总是第一个到学校。您猜这是为什么？因为收养我
的家庭紧挨着学校，校门就在家门旁边……我每天都会去学

校……班上的同学大多是农民的孩子；他们……会照看奶牛，会耕田。"[7]他的同班同学这样回忆——卡米耶·阿尔克说："他很爱看书，即便课间休息时也会靠着矮墙，手不释卷。"马克·库斯谢说："他总是与同学保持距离，独自看书。"[8]

这些描述激起了我的好奇心，我想象着这个孩子的日常生活：整日在家无所事事，推开隔壁的门就进了学校，没有伙伴，不玩乐也不闯祸，默不作声地靠着矮墙不停看书，也不像同龄的男孩那样下地干活儿。我很纳闷，为什么多年之后，七十岁高龄的热内用如下的语句讲述他的童年："我总是第一个到学校……因为收养我的家庭紧挨着学校。"他说的是"收养我的家庭"。而另一个被收养的孩子——露西·维尔茨却说："我从没见过像我父亲赫尼耶先生这么善良的人"，她会使用"我的父母""我的兄弟"这类字眼。同在一个家庭，同住一个村庄，同是被收养的弃儿，这两个人却对外部世界有着不同的看法。露西的热切依恋与让的情感疏离形成了鲜明对比："我住在收养者的家中"等同于"我只是被安置在了有人照顾的旅馆里，而我，由于害怕人际关系，就一头扎进了书堆里。友好的人际接触让我焦虑，于是我便躲在书本的后面。所以我才显得又乖又听话"。或许这些话可以解释日后出现的那些问题。

第四章
世界观的传承

　　我能理解让·热内和露西·维尔茨的精神世界，因为在战前，我也有过类似的境遇。但事实上，何来类似的境遇，只有可比的境遇罢了，所以归根到底是不同的。我也曾是一个无家可归的孩子。战争刚一开始，我的父母就失踪了，我的父亲于1939年被招募进了外籍志愿兵军团，我的母亲于1942年被盖世太保逮捕，其余的亲属似乎都人间蒸发了。

　　我相信在我人生最初的岁月里是被家人围着并爱着的，我很可能拥有一个稳定而热情的感官生境并从中受益。我的记忆中有这样几幅画面：在走廊的尽头，有一间明亮的房间，那是我父亲改造的木工房；还有一间稍微昏暗一些的房间，墙角堆着炭，我们一家就在那儿用餐。我依稀看见我的父亲手拿一张大大的报纸连连叹气："唉，唉，唉。"我还记得我不知犯了什么错，父亲要踢我的屁股，我便绕着餐桌闪躲，躲开了还十分得意。我记得在波尔多鲁塞尔街上跟一个小伙伴打了一架，我跑向父亲，求他宰了那个小兔崽子。我的脑海里还保留着父母交谈的温存画面，两人在谈论那份大报纸上的内容时突然变得沉重起来。

现在我觉得，当时对犹太人的迫害加深了我父母之间的感情。我不知道我们是犹太人，这个词从未出现在我耳边。即使在陪我玩的时候，我的父母也会握着手低声交谈。他们的亲密关系让我很有安全感。那时我才两岁，还不明白这种令我安心的依恋却是由笼罩在我们头上的死亡威胁带来的。要是身在和平的背景下，他们各行其事，争吵或许在所难免吧？如果是这样，我可能多少会失去一些安全感。

让·热内的姐姐露西·维尔茨被赫尼耶一家收养后，获得了一种对世界热情以待的能力。她很快就感受到了赫尼耶先生的善良、赫尼耶太太的温柔及其他两个孩子的友爱。

相反，让·热内也许未曾有过一个可以给他安稳和依恋的港湾。在他刚出生的一段岁月里，他的感官生境极有可能是缺失的，没有任何刺激能唤醒他的灵魂。和其他孤零零的新生儿一样，他什么都没有。周围的空虚深深地扎进了他的心底。孩子的精神世界是靠他人来填充的：他人的欢笑、怒火、温情以及关心。当孩子的身边空无一人，他只能借由诸如翻手掌、晃腿或其他机械动作来隐约获得活着的感觉，这是一种笨拙的行为。没有他人陪伴的孩子无法构建自己的内心世界，因为没有什么能在他的记忆里留下痕迹。空虚的环境会用空虚浸润孩子的灵魂，而空虚并不是回忆。[1] 被遗弃的婴儿或孤苦伶仃的婴儿最终会变得呆滞，目光空洞，寡言少语，与真实世界脱节。[2] 在没有生气的环境中，婴儿任凭自己走向死亡，因为生与死并无区别。即使在外部环境的作用下，他们的生命可以维系，但情感的缺失会一直在他们的身上留下痕迹。[3]

今天，人们可以通过科学手段逼真地描绘出这种情感空虚的行迹，一种因缺乏早期刺激而留下的伤痕。大脑消耗葡萄糖进行运作，同时散发热量。电脑会将散发不同热量的大脑区域用不同的颜色标示出来。孩子若处在情感匮乏的环境中，其大脑图像显示为蓝色和绿色，同时也代表新陈代谢的减缓。[4] 情感匮乏的程度越深，持续越久，大脑运作就越迟缓，收养孤儿的家庭也难以将其再次启动。

而当情感匮乏还未深层次或是长时间地影响孩子时，收养孩子的家庭仍能再次温暖他的心灵。此时，神经影像会呈现一个黄色和红色的大脑，说明神经元又活跃了起来。

孩子在学会说话前，会用行为、手势、絮语、蹦跳等方式与抚育者互动，并表达情感。等他学会了说话，就会用语言来维系情感："我和你一起钓过鱼……我爱你……学校里有个叫纳蒂亚的坏小孩。"这是不是意味着，要想温暖一个被遗弃的孩子，只需要给他提供一个使一切运转如常的新的情感生境呢？神经影像显示，要想让婴儿的大脑活跃起来，就必须让他兴奋，但这还不够。孩子的记忆里还留存着过去情感匮乏的痕迹，所以，当面对一个因长期情感缺失而变得迟钝的孤儿，即便是再有办法的家庭也可能无法唤起他的情感回应。这样的孩子会看起来不快乐。[5]对于健康环境下的健康大脑，其神经元受到刺激后，通过突触，每分钟都可以发出数十万的连接以构建神经回路，然而，在成长敏感期内就被过早遗弃的孩子却做不到。他也有神经元，却无法形成神经回路，也无法传递信息。年幼的弃儿失去了感知快乐的能力，缺乏关爱的他只能在这种麻木的情感状态下与他人建立新的关系。

被赫尼耶一家收养时，让·热内可能已经形成了这样的性格，他对他们的喜爱就如同住客对旅馆主人的喜爱一样。他用"收养我的家庭"来称呼这个家，而他的姐姐露西却对这个家产生了真切的感情，因此才会做出如下描述："我的爸爸是世界上最善良的人……还有我亲爱的妈妈和兄弟姐妹。"

过早的遗弃首先会影响前额叶神经元的机能，它得不到刺激就会逐渐萎缩，这种情况并不少见。前脑的主要功能是预测和判断，并抑制嗅脑杏仁核的反应，后者正是形成负面情绪的关键性结构。当一个人的杏仁核受到肿瘤、脓肿或意外创伤的影响，便会产生焦虑、恐惧或难以控制的愤怒等情绪。别人的一个鬼脸、随口的一句玩笑，或源于自身的最轻微的沮丧情绪，都会对他造成强烈的影响。因此，被遗弃的孩子在成长的过程中会有神经脆弱的症状[6]，稍有一点儿人际关系上的问题便会让他产生难以忍受的情绪反应。因为小时候缺乏情感的互动，长大后很容易因绝望而产生轻生的念头。[7]有这类问题的人，一丁点儿批评都会让他受伤，神经影像会显示他大脑区域的杏仁核变成了红色，这意味着他无法控制自己的情绪。无论是前额叶，还是孩子不知如何使用的话语，或是赖以学习建立人际关系的文化环境，都无法制止负面情绪的猛烈喷发。若孩子在很小的时候就缺失情感，他将无法掌控自己的人际关系，只会不计后果地将一切付诸行动。

曾有一位护士收养了一个十个月大的孩子。孩子很好养，出奇地乖，送进幼儿园也不吵闹，送去学校也没人注意到他，只会躲在教室一角默默学习，不玩乐也不闯祸。大家都说这是个"让人省心的孩子"。直到有一天东窗事发：孩子十五岁那年，警察找上门，告诉他的母亲，他在意欲持械抢劫的过程中被逮捕了！多么让人难以置信！谁也没想到这么听话的孩子居然会做出这样的事！在审问过程中，他一言不发，也无法解释自己的行为。

我们不知道他出生后的那几年是如何度过的。或许，他太早体验过的孤单已将麻木植入他的记忆，而成年人却把它理解并说成"听话"？为什么他会做出极端的行为？他需要借助持械抢劫的强烈刺激来摆脱麻木的状态吗？

我还认识几个有着类似成长轨迹的男孩。比如安德烈，这是个好学生，很听话，但有些孤僻和阴郁，每天上学前都要端端正正地打好领带，而他那些调皮捣蛋的同学都喜欢敞着领口，穿破洞牛仔裤。父母觉得循规蹈矩的他很有趣，却并未觉得不妥。直到有一天，安德烈在日落时分去沙滩散步，然后，他决定不回家，在沙滩过夜。次日醒来，他心中的焦虑一扫而空，感觉自由自在，心胸开阔，呼吸顺畅。经由一次"突然而又意外的情感释放"[8]，他将自己从过度自我约束造成的焦虑中解放了出来。他在流浪的过程中变得平静，摆脱了各种着装规范和社会约束。这个顺从听话的孩子突然不想回家，不想上学，因为回家和上学使他觉得自己身陷囹圄。通过反抗规则，他卸下了身上的枷锁，抛弃了束缚他的领带、家庭和学校。他风餐露宿，四处游荡，尤其喜欢待在火车站附近，因为在那儿可以遇见像他一样自由的流浪汉。

这两个孩子，最终一个成了罪犯，一个成了流浪汉。他们难道没有对生活有过任何幻想吗？他们本可以藏匿在幻想中，感受现实不能带给他们的乐趣。可他们却偏偏选择了另一种途径，借助反抗带来的强烈刺激使自己不再麻木，与令人窒息的日常生活抗争：不要明确的作息安排，不要流于形式的人际交往，不要区别社会身份的固定着装。他们甚至不想洗澡；"抛弃肉体"[9]是他们的自由，于是他们胡乱穿着，不修边幅，邋里邋遢，以此来解放自我。

第五章
躲在书本后面

在刚出生后的六个月里，让·热内还躺在母亲的臂弯里。这是一位可怜的单身妈妈，正准备抛弃怀中的婴儿。在这样的情况下，让·热内大概没能获得一个良好的情感生活的基础。就像大多数孤儿一样，由于生命的开局不好，他的大脑或许被按了暂停键。后来，在欧也妮·赫尼耶的怀抱中，在善良的父亲查尔斯及三个相亲相爱的兄弟姐妹所组成的新家庭中，停滞的大脑又被激活了。的确，停滞的大脑在一开始是被激活了，但早些年的空虚真的就这样被填补了吗？我的脑海中不禁浮现出如下的画面：这个孩子最初的精神世界被构造得如同一枚空洞的细胞，他的感官生境贫瘠又阴暗，像是囚牢，仅能接收到来自母亲的几丝温存。我们发现，在那些很小就被遗弃的孩子身上，并非一切都是停滞的。然而，一个麻木了许久的大脑或许会屏蔽哪怕一丝一毫的情感和生理活动。[1] 让·热内被收养时才七个月大，赫尼耶一家再次点燃了他的生命，但空虚的痕迹并未就此被抹去。因为反常的顺从、沉闷和冷淡，幼小的他适应了新家庭，成了一个让人省心的孩子，寡言少语。他是别人眼中的好学生，性格温和，彬彬有礼，遵守纪律；在救济所的报告中，我们看到了一句对他的描述："性格平和。"他有些孤僻，不怎么和别的孩子一起玩，因为他总是感到疲倦；他"与他的同学们保持距离"，把时间都花在了看书上[2]。他成了唱诗班的一员，十二岁领圣体，十三岁通过了小学毕业考试，也没有像救济所大部分的孩子那样被送去农场。家人送他去学手艺，还是一门需要动些脑子的手艺。

身边的人本该注意到热内的不同：没有朋友，害怕男孩子之间打打闹闹的游戏，喜欢逃避。事实上，怯懦的热内只是把自己藏在了书本后面。

一个孩子在社会化的过程中会自己处理学业问题，结交一些朋友，并把他们当作安全基地。[3] 只要能说出四五个朋友的名字，就表明已经可以较好地和他人相处。但是热内没有，他孤单一人，安静内向，躲在书本后面。要是有个生气十足的男孩骑着自行车从他面前经过，他会一下子被吸引，并惊异于这种突如其来的情绪。

从精神分析的角度来看，我们可以把躲在书本后面视作躲进幻想里。这是一种心理机制，"当遇到无法承受的压力时，这种心理机制会诱使人产生大量的白日梦，并使之替代现实中人际关系的维系"[4]。这样的逃避会起到保护作用，并带来短暂的幸福感，但不利于解决问题。沉溺在幻想中的热内感觉如此舒适，以致于对现实生出了厌恶。

若想为幻想创造有利条件，只消重复机械性的动作即可，例如织毛衣或步行。也可以离群索居，让大脑休眠，从而催生幻想。这样一来，我们的内心世界便与他人、与现实隔绝开来，充满了来自内心深处的画面。借此方式，我们可以逃离痛苦的现实世界，营造出自我欲望的世界，用虚幻的满足填充情感的荒漠。[5] 阅读为我们开辟了一片受到保护的大陆，"因为书是幻想真正的引导者"[6]。

幻想是人类特有的能力。当遭遇不幸时，我们需要这种虚拟武器来与痛苦的现实进行斗争。当陷入情感荒漠时，我们会在这片荒漠上生发若干美妙的梦想。动物会做梦，但它们会幻想吗？它们会分辨周围环境的信息并逃离险境；它们会提前观察环境，寻找食物或发情的雌性同类；但它们不会独自躲进厕所，持续几个小时在里面发呆、看书："厕所的小隔间是他幻想的孵化室——在这个昏沉的地方，他（热内）能闻到自己散发的味道，这是内在腐烂的证据，之后他被囚狱中时，更是将这种味道攒在手心贪婪地嗅闻。似乎端坐在从他的身体里流出的东西之上，他就成了受神灵启示的圣人。"[7]

孤独是幻想的温床。我们在内心世界为遗弃构建了一幕戏剧性的舞台，并从中找到所爱之人："我们曾如此相爱。要是当初说话时能有些许温存，要是能为爱暂时逃离，要是能和朋友一起吃顿饭，我们或许就不会分手，或许就能挽回彼此……"内心的幻想改变了感受现实的方式。

那些过早就感受过孤独的孩子会留下对空虚的记忆。他们的世界活像一座墓穴，一间禁闭室，一个单人囚室，甚至厕所隔间，孩子藏匿其中，逃避难以承受的现实，进入幻想的宝库。阿蒂尔·兰波（Arthur Rimbaud）曾在诗中这样向我们讲述：

> 整天为了顺从捏一把汗……
> ……挫败，愚木，他执意躲进茅厕，
> 追寻一丝清凉：
> 不顾刺鼻气味静静遐想……
> 七岁他就开始写小说，书写荒漠的生活，
> 那闪耀着自由之光的荒漠……
> 他尤其熟稔阴暗的事物，
> 当他身处门窗紧闭的陋室，
> ……读着他那浮想联翩的小说。[8]

对这些受伤的孩子来说，文字就是珍宝。乔治·佩雷克①因父母的死亡而变得迟钝，之后，他生活在一片情感荒漠之中，被空虚蚕食着，不知在等待什么。他三岁那年，第二次世界大战战火初燃，他的父亲，一个波兰裔犹太人，加入外国志愿军部队后便一去不返。乔治的母亲陪他去里昂车站，打算把他送到维拉尔-德朗（Villard-de-Lans）的儿童收容所，随后便也失踪了。他的父母、亲人和朋友全都不见了，就这样悄无声息地消失了。没有了爱和思念的对象，周围的空虚让他的心灵也变得空虚。这种麻木的状态一直持续到他八岁，那一年，他终于明白消失的亲人再也回不来了。我们所爱的人虽已不在人世，却一直活在我们心底，那么死别就不再那么痛苦，也不再是真正的死亡。斯人已逝，但我们仍能思念和眷恋，仍能让他活在我们的脑海之中，活在我们的笔尖之下。这种缺失是创作必要的源泉：只要论及死亡、书写死亡或描绘死亡，就能为自己留存一种真实的感觉，一种曾切身体验过的感觉。于是，小乔治决定成为一名作家，他要用文字为失去的亲人补办一场葬礼，重拾他们的尊严，让他们不致因肉体的消亡而灰飞烟灭。他创作了小说《消失》⁹，许久之后人们才发现整部小说通篇没有一个元音字母"e"，而"e"代

① 乔治·佩雷克（George Perec, 1936—1982），法国当代著名的先锋小说家。他的作品集敏锐的观察、睿智的分析、悠远的情感和非凡的形式感于一体。——译者注

表的恰恰是"他们，我消失的父母"[10]。原来如此，乔治无法谈论自己的父母，因为他们一直"消失"着，的确无从谈起。但从他开始谈论"消失"的那一刻起，就像在描述一件不起眼的小事，消失的人时而存在时而不在。永远不再出现并不是真正意义上的死亡，但是，如何追念已不在人世的亲人呢？

第六章
失去与缺少不同

　　没有他者的生活是荒漠，是深渊，令人眩晕，稍有不慎就会坠落。这就是焦虑时的状态。不过，我们可以采取行动或是选择逃离来对抗眩晕的感觉，以避免直视深渊；还可以用言语或文字来填补空虚。"缺少"助长创造力，"失去"催生艺术，孤儿的境遇孕育故事。若一个生命没有行动，没有交往，没有悲伤，那他就只不过是没有乐趣和梦想的存在，是冰冷的深渊。

　　这是一座朴实无华的坟墓，石碑上刻着："无尽的哀悼。"一句话、一张照片、几朵枯萎的花仿佛在诉说："你仍活在我心中。"图像和文字的存在让我们仍爱之人没有彻底离去。当作什么都没发生似的继续生活或许是一种羞愧。谈到亡者时，我们给予他们从未有过的尊严。一块石碑，只言片语，数朵鲜花，这一切为死亡搭建了一方舞台。我们向亡者致敬，也是给予自己尊严："对不再爱的人，无情之人会任由其尸体腐烂，而我不是这样的人……"

"失去"和"缺少"并不必然相关。当我失去一位共事的同僚，我得重新安排工作。这是一种时间、精力和金钱上的失去，但我对他并没有感情，也不缺少他。但当我说："我缺少一个爸爸"，或许是因为他离开了、死了或消失了？要是他没能承担好父亲的角色，没能走进我内心深处，那么即使他就在我身边，我仍然缺少一个爸爸。

没有他者，我可以是任何人；有了他者，我便为之牵绊：我乐于跟随他，模仿他，学习他的话语和道德准则。这是多么幸福的一种牵绊啊！我从中学到了语言、信仰和文化。没有他，我将是虚无的；有了他，我才成了我自己。他占据我的灵魂，并将我束缚。我渴望依附于一个父亲的形象，一个具有鉴别能力的楷模，为我指引道路、保护我、爱护我。要是他没有承担好父亲的角色，这种关系对我来说就是缺少的：我缺少一个爸爸。他从未在他该在的位置，因此我并没有失去过他。我感受不到他的存在，我没有安全感，没有力量，没有方向，找不到属于我的那颗引路之星。

一旦他在我的心中根植，"我们便成了彼此的他者"。在凝视他、聆听他的过程中，我自己的思想也得以萌发。"铜块觉醒，成为军号，怎会是它自己的过错。"[1] 没有他者的存在，铜只不过是一种金属材料。要把它变成军号，就需要一位工匠给它塑形，需要一位作曲家谱写乐章，需要一位音乐家演奏乐音，还需要一位听众报以掌声。此时，它还是简单的材料吗？铜块被制成军号，如同人被抽离出土地。如果没有他者，也就无可看，无可听。我的内心要用他者的给予来填充，如果没有关系，也就没有回忆，无可看亦无可说。他者存在时，我才能像审视他者一般审视自己的思考。自我意识源自相异性。我没有思考，是"别人在思考我"[2]。

查尔斯·朱利耶（Charles Juliet）决定弃医从文[3]，自愿放弃了一份填补他生活的职业，以退为进，逼迫自己走上写作的道路。背水一战的他需要一种缺失感、一种令人焦虑的压迫感来激发灵感，填满空白的稿纸。热内也是如此，一直在寻找一种能迫使他写作的处境。他偷窃、诈骗，但是手段拙劣，成功地将自己送进了监狱。在狱中，他需要通过写作来逃离牢笼。封闭阴暗的监狱如坟墓、地穴、茅厕一般，只有文字，这泥淖中的珍宝，能带来一丝光明。当周围充满热烈的情感之时，文字于他是索然无味的。墓穴、监狱和阴沟让文字终于得以散发自己的味道。正如同身处黑暗当中，我们憧憬光芒；深夜之中，我们书写太阳。

文字能为荒凉的现实带来希望。记得刚开始学医时，我不得不在巴黎郊区埃尔蒙的一家游泳馆当兼职游泳教练。白天，游泳池很热闹，我被各种活动及来来往往的人牵引着，无暇顾及其他；夜晚，当人潮退去，我独自整理器械的时候，考试的焦虑又卷土重来。但我的反应令我自己惊讶：我没有着急回去复习艰深的理化生（物理、化学、生物），而是独自一人待在浴室的隔间里，从运动包里拿出了……一本诗集。隔间里光线阴暗，墙壁潮湿，我就这样坐在地板上发掘和欣赏尼采。我花费了些许略带悲伤的幸福时光来领略这位哲学家的世界。浴室隔间肮脏阴郁，弥漫着漂白剂的难闻气味，这些都与尼采优雅的言辞和描绘的美妙图景形成了鲜明的对比，给我带来了极大的乐趣。尼采的文字帮助我逃离了悲惨的现实。若是处在舒适的环境中，周围的平庸会麻痹我的意识，这些文字于我也将失去光彩。

于是我明白了，为什么热内要让自己锒铛入狱，以此体验依靠文字获得的幸福，为什么兰波对茅厕和粗俗淫秽的辞藻所散发的恶臭无所畏惧，因为只有习以为常的粗俗才能反衬出其诗句之美。这里的恶臭并不是一种隐喻，而是兰波实实在在嗅到的味道。

从那时起我便徜徉于诗海，
浸满了星辰，乳汁般洁白；
我尽情享用那孔雀蓝的梦幻，不时漂过
一具沉思的惨白醉尸。

这一片青蓝和荒诞的白日之火
天光辉映下的缓慢节奏，转眼被染了色——

橙红的爱的霉斑在发酵、在发苦，

比酒精更强烈，比竖琴音域更辽阔！[4]

  为什么我们能从这些文字中感受到美？是音律，是节奏，还是因为出人意表的搭配——"孔雀蓝""惨白的醉尸""青蓝，荒诞""橙红的爱"？

第七章
联觉①

在联觉上，最能体现兰波天赋的诗正是《元音》：

A 黑、E 白、I 红、U 绿、O 蓝：元音们，

有一天我要泄露你们隐秘的起源：

A，苍蝇身上的毛茸茸的黑背心，

围着恶臭嗡嗡旋转，阴暗的海湾[1]……

在这首诗中，诗人将一个元音字母和一种视觉、听觉或嗅觉的感官联系在了一起。

每个读者都可以通过自己的感受来理解这首诗。词语的模糊性以及词语所带有的情感光晕使读者变成了他正在阅读的作品的

---

① 联觉（synesthésies）：一种通道的刺激不仅能引起该通道的感觉，还会引起另一种通道的感觉，这种现象叫联觉。——译者注

作者。每个人都能用自己的感觉对这首诗作出解释。诗中的联觉并不合理，它将一种感官感觉与一种抽象描述联系在一起：一个字母提示了一种颜色，一个词汇释放出一种芳香。其实我们在不自知的情况下已经欣赏了大量的联觉现象，比如艾灵顿公爵写下的每个音符都在向人们昭示一种颜色；再如玛丽莲·梦露混合不同颜色的蔬菜以改变其味道；还有纳博科夫、尼采和维特根斯坦，他们听到了色彩的声音，并为数字的甜蜜所触动。感官的融合可以让我们更好地理解现实。

    自闭症患者常会有联觉的体验，在他们眼中，抽象的概念是和一种具体的感官联系在一起的。这不一定就是某种神经疾病，而是一种促使大脑以不同方式运作来适应特殊环境的训练。"我在蔚蓝的一天出生"²，这一联觉表示，对作者来说他的出生年月不再只是一串数字，而是眼前浮现的、赋予数字以诗意的色彩。"钢琴"一词怎么会散发出炸鸡的味道？一首浪漫主义乐曲又怎么会有巧克力的味道？

    这是因突触接合紊乱而获得的一种天赋吗？并不尽然，在自闭症患儿、智力超常的艾斯伯格症候群①患儿及正常人中间，我们可以找到一些联觉者。在出生后的几年里，神经元每分钟都要

---

① 艾斯伯格症候群：一种孤僻的精神病态，患者在社交和沟通上与自闭症的孩子有相似的问题。然而，他们跟一般孩子一样聪明，甚至更聪明，并且具有很好的语言技能。——译者注

建立约二十万次连接，使得大脑异常活跃，因此婴儿才能学会任何一种语言、任何一种音乐，并适应多变的环境。非凡的学习能力使他们难以用稳定的方式观察世界，因为他们的感觉一直在不停地变化。神经回路不断重组，赋予婴儿学习语言的无限潜能。到了三岁的时候，语言会浸润他们的大脑。一旦孩子的大脑被母语占据，他的世界就会被母语具形，而他随后其他方面的学习也将以母语为基础，之后其他的语言只能被习得而不能浸入他们的大脑。母语的习得是无意识的，而其他语言的习得是有意识的。因此学习母语只需要早期的互动，而学习外语则需要进行刻意的练习。

母语敏感期（20—30 月龄）内，神经元突触也异常活跃，与之相对的是青春期神经元突触的消减。[3] 修剪树木的分枝是为了使树干更为茁壮，同理，停止刺激次要神经元通道可以强化主回路。我们的大脑被外部环境雕刻着，开始以"节能模式"运转。学习的减少给了我们在转瞬间观察世界的可能性。现实世界突然以清晰的面貌呈现眼前，这说明我们的大脑在其发育过程中强化了某些信息的接收。大脑感知到的被我们视为"实"，其余的都可被忽略，不再存在。这种感知限制是一笔合算的买卖，有效地节约了体力和精力。我们放弃了发现万千世界的可能，感知到了一个清晰的世界。

自闭症及艾斯伯格症候群患者的大脑异常敏感，能够同时处理数以千计的不同信息。他们没有形成信息回路，与只能感知到一个世界的"正常人"[4]一样，学习机能被大大消减了。不过，他们保留了多重感知的天赋，能将抽象描述与具象感觉结合在一起，作出诸如"A，黑的，毛茸茸的""钢琴，炸鸡的气味"或"我在蔚蓝的一天出生"这样的表述。

那些因早期缺失感官生境而导致大脑发育受损的儿童没有良好的信息回路。不过，外部刺激的欠缺并没有减弱他们的大脑运作，反而让他们保留了多感官联合的能力。未经过多"修剪"的神经回路使他们可以进行五花八门的联合和千变万化的表达。他们的神经系统并不稳定，所以难以感知到一个清晰的世界，却也为他们的创造留下了自由驰骋的空间。或许这就是为何在童年遭遇严重情感缺乏的玛丽莲·梦露会终其一生拥有联觉的能力[5]，会将味道和颜色联系在一起。

大脑不是一个被动的容器，它从外部世界提取信息，经过加工处理后再描述出来。在同样缺乏情感的环境下，有些孩子从微小的情感因子中就能汲取养分，而另一些则需要大量的情感养分才能得到满足。

被关进监狱的热内和沉默寡言的兰波只有在独处时才能构建文字的世界。作为有很高情感需求的人，他们为了激发创作灵感而自愿放弃了对情感的追寻。热内为了走进牢房而小偷小摸（书、笔、布料），到了狱中才萌生了依靠文字逃脱樊笼的欲望。兰波毫不在意茅厕和淫秽辞藻所散发的恶臭，环境和言语的粗俗恰恰体现了其诗句之美。仅仅是写作就改变了他们对世界的看法。

第八章
书写文字，承受失去

我们亦是如此，需要通过写作，需要将文字付诸纸上，以此承受失去深爱之人的痛苦。

> 消失的兄弟如同我们的爱人
> 只要未在墓碑上见到他们的名字
> 我们就不会穿上丧服，继续活着，还有希望……[1]

一旦石碑上刻上文字，我们就离开了希望的世界，离开了欺骗和虚妄的世界。我们不得不与现实妥协："消失的兄弟如同我们的爱人……我们就不会穿上丧服。"

洛朗刚刚失去了他年轻的妻子，他觉得葬礼后要填写的一大堆文件重重地压在了他撕心裂肺的悲痛之上。我在办公室接到了他的电话："我做不到……我做不到。"我听出了他的声音，但我不明白为什么他会给我打电话说他做不到。他说了好多遍"我做不到"，随后又向我解释，让他做不到的，仅仅是在一堆文件的婚姻状况一栏里选择"未婚""已婚"或"丧偶"。选择"丧偶"就意味着盖棺定论，接受刚刚把他压垮的悲痛。洛朗还不能接受自己的新身份，他希望一切都不是真的，觉得自己仍是一个有妻子相伴的丈夫，但这一切都结束了。做出了选择，他的幻境就破灭了，他就不得不承认妻子的死亡，他的世界也被这简简单单的几笔改变了。

口中说出的话语具有生命，能构建人与人之间的交往，使互动变得和谐。话语由惯常的音色、声音、手势、动作和沉默构成，这一切都将交谈对象置于自我之外。对话如同是一支你来我往的舞蹈，一方向自己的听众吐露话语，听众也会回以表示赞同或否定的其他词语、手势或沉默。因此，即便是静静聆听的一方也参与了说话方的发言。写下的话语则有另一番命运，由字母、符号和图像构成的世界是献给看不见的朋友的，因为读者无法与作者直接进行互动。

在这两种情况下，话语行为（说出的或写下的）都是对情绪掌控的练习。克里斯蒂娜·奥尔班一直无法讲述她姐姐的死。[2] 她的姐姐是自杀的，因为姐姐的丈夫将他们的孩子带到了国外，并告诉她永远别想再见到孩子们。克里斯蒂娜无法亲口言述，只能写进书里[3]："她就这么死了。"当一位记者问到书中的内容时，她沉默不言。直到有一天，她的书被翻译出版，她本人也被邀请去了美国。她的英语可以应付日常需要，却不足以让她"不假思索"地表达。但令人意外的是，在脑海里努力搜索一些英语词汇这一简单的过程却使她可以用英语谈论姐姐的死亡，而当她说法语时是无论如何也做不到这一点的！对语言的转化帮助她控制了痛苦的情绪。不是话语本身抚慰了她的心灵，而是对词语和画面的搜寻、对思绪的整理在发挥作用。[4] 同理，精神受创的人无法面对面地讲述痛苦，而是通过创作诗歌、歌曲、小说或散文来排遣郁闷。

我写了一本讲述自己记忆的书。[5] 这不是一本自传，因为我没有谈那些同我一起生活的人，也没有记录包含我日常生活的幻想。我回想起那座被改为监狱的波尔多的犹太教堂，满是带刺的铁丝网和荷枪实弹的德国士兵。我回想起那位示意我跑向救护车的金发护士。我回想起我曾躺在一位垂死的女士的身下……

我想把这些清晰的记忆与现实中的建筑、事实及见证者的证词一一对照，结果却令我大吃一惊。记忆中我飞奔而下的巨大楼梯只不过是两三级长满青苔的台阶，美丽的金发护士德库贝斯长着一头乌黑的秀发。我也完全不记得布朗谢太太的血曾流满了我的全身，她是被士兵用枪托给捅伤的。我查找了档案后才发现我被捕的日期是 1944 年 1 月 10 日。对于一个六岁的孩子来说日期没有意义，自然也就记不住了。

通过实地考察建筑、查阅资料、收集证词，我看到了一个不一样的童年，它与我记忆中的大相径庭。但我没有说谎，也不觉得自己记错了。从我试图寻找过往的回忆并加以叙述的那一刻起，我不得不收集各种记忆碎片，关于事件的、建筑的、关系的抑或是情感的，正是这些碎片构成了这份回忆。[6] 任何一份回忆的构建都是不同记忆源汇聚的结果。在这个过程中，我们修正了对过去的描述，使之变得逼真，就像神话中的吐火兽一样栩栩如生：雄狮的利爪，公牛的脑袋，苍鹰的翅膀。在幻想中，一切都是真实存在的。

让·热内的记忆里还留着情感荒漠的痕迹和被抛弃的伤疤，在这片黑色的孤独中，文字就是珍宝，如火炭般散发着炽热的红色光芒。在阴郁却又备受宠爱的童年，热内用书取暖。与之不同，罗曼·加里[①]从热情的母亲那里得到了安全感和活力，为了让自己愉悦，他学着构筑耀目的幻想。他在波兰度过了童年，留在他记忆中的是一个热情的生境，而在当时，对犹太人的仇恨、欺骗和迫害还在肆虐，充斥在他周围。为了躲避追捕，他们不停地搬家，背井离乡，更名改姓。幸运的是，在艰难的环境下，他的身边有这样一位母亲——她喜欢冒险，充满幻想和戏剧性。加里的精神世界的构造与热内的不同，他的文字并不是在恶臭的环

---

① 罗曼·加里（Romain Gary，1914—1980），犹太裔法国外交家、小说家、电影导演和第二次世界大战期间的飞行员。他曾两度获得龚古尔文学奖。——译者注

境下写就的。在小罗曼的世界里，时而有绝望，时而有美妙的幻想，他实现了母亲对他的期望，成了"法国解放勋章的获得者，外交官，被授予荣誉勋章的军官以及龚古尔奖得主"[7]。

第九章
偷窃和愉悦

　　我很了解让·热内。"二战"后那几年，我先后被送到几家收留无家可归的孩子的机构，在这期间，我遇到了好几个和热内相似的孩子。我也认识了很多像罗曼·加里一样的孩子，他们与我意气相投。我还曾和罗兰·托普①彻夜低声梦吟。在圣心教堂和克里尼昂古尔旧货市场（porte Clignancourt）之间，我见到了这样一个"让·热内"，他自称"波波斯"。他就像一头捕食者在迷惑它的猎物，令我着迷又惊惧。他会在不经意间出手行窃，令人不明就里。他喜欢打架斗殴，也喜欢一言不发地在心里创作诗和歌曲。后来我又见到了他，当时他正在参与圣心派和克里尼昂古尔派之间荒谬而又暴力的争斗。二十岁那年，我协助参议员古特罗先生负责一个在圣邦瓦迪索尔（Saint-Benoît-du-Sault）组

---

① 罗兰·托普（Roland Topor, 1938—1997），法国插图画家、钢琴家、电影制作者，犹太裔波兰人，他的作品以超现实主义风格出名。——译者注

44

织的夏令营。在车上，我再一次见到了"波波斯"，他谦虚有礼，笑容满面，带领孩子们唱着水手之歌。他出现在这里是为了讨好一位女辅导员——这个规规矩矩的女人疯狂地爱上了一个二流歌手。

我还认识好几位像"波波斯"一样的姑娘。在斯特拉海滩（Stella-Plage）的儿童中心委员会营地里，有个女孩偷了一件运动器材。当我们在杂货店采购时，她习惯性地拿走了几盒奶酪。甚至在店门口，在店主和顾客的眼皮子底下，她把自己的"战利品"分给了目瞪口呆的路人。她笑着说："我控制不住自己。"我觉得类似这样的小偷小摸给了她极大的乐趣，因为她在做出行动时并不显得焦虑。我们在购物，而她在分发奶酪，仅此而已。没有争辩，没有解释。当时我们觉得有点儿尴尬，接着就置之脑后了。

孩子们偷窃和他们拿走自己眼馋的东西，这是两回事。当妈妈皱起眉头或提高嗓门，孩子会意识到这是阻止他们行为的信号。到了六岁的时候，孩子会对命令做出反应，这个时候，简单的一句话就是权威，几乎所有的孩子都会在收到禁止的命令时一动不动，低下头，并停止本来要去做的事情。这种现象存在性别差异：男孩比女孩更会违抗命令[1]。他们会偷偷留下零钱，涂改成绩，逃学，踢球违规。他们表现出了对独立的渴望，他们到了"说不的年龄"。不听家长和老师的话会使他们产生一种自豪感。至于女孩子们，她们长大后或许会组成一个扒窃团伙。[2] 她们的冲动行为更像是出于一种饥渴而不是偷窃。先是一瞬的紧张，继而通过行动让情绪缓和下来，随后而来的是后悔和自责。想要克制自己或他人冲动情绪的年轻女性会不断地对自己说："你向欲望低头了……你多吃了这一口……你偷了这个东西……你该为自己的脆弱感到羞愧。"

对让·热内来说，偷窃是一种叛逆的乐趣："小时候，我偷养父母的东西。也许我那时就已经感知到了我今后受谴责的命运？因为我是个弃儿，还是个同性恋者……到了十岁，尽管我爱收养我的家人，也知道他们并不宽裕，我还是会偷他们的东西，也不觉得丝毫内疚。"[3] 这种偷窃行为中暗藏了性虐待的倾向：以暴力或背叛行为掠夺或贬低所爱之人。赫尼耶一家用爱包围着热内，热内却对他们行窃并暗示自己："你们白疼爱我了，你们管不住我，我永远不欠你们的感情债。什么都别给我，我害怕礼物，礼物会困住我。我偷东西就是为了感受自由。"

热内曾这样说过："在莫尔旺，很多人都把救济所的孩子视作牲口，领养他们是为了让他们干活儿。要是有机会，得去偷这些人家的东西。"[4] 事实上，领养孩子的家庭一般会领到一笔抚养费，之后会毫不犹豫地把孩子送去耕田或做工。当孩子发现养父母是为了钱而抚养他时，情感关系就会变得混乱。通常他会把这笔钱解读成情感诈骗："他们假装爱我，其实只是为了糊口，我被他们骗了。"还有一些孩子会把这种金钱关系视作解脱：
"我不必爱他们，因为我对他们来说只是一个赚钱的工具；我不
亏欠他们，他们已经得到了报酬；我想离开就能离开，这笔钱解
放了我。"渴望与领养家庭建立关联的孩子因这笔抚养费而深受
打击，另一些孩子则因不必向寄居家庭付出爱而得到宽慰。

　　赫尼耶一家对四个孩子（两个为亲生，两个为领养）都疼爱
有加，尽管小热内的疏离和沉迷看书的习惯让他们有些不安。他
们没有把孩子们送去做工，只是偶尔让热内把奶牛牵到百来米远
的草场上去。这既不是剥削也不是虐待，但热内却因此对这个家
心生芥蒂。他开始酝酿离家出走的计划。

　　"上学时，他偷学校的东西……文具盒、铅笔等一些零碎的
小物件……偷了他也不藏，都分给别人了。"⁵ 分发小文具的热
内就像夏令营里那个大大方方分奶酪的女孩。他们不是在散发礼
物，而是在处理对他们来说没有价值也没有意义的赃物。偷窃使
他们获得了一丝情感震颤。冒着被抓的风险，他们在昭示自由的
幸福。身缚弹力带体验蹦极的年轻人也是如此，纵身一跃之后，
幸存的快感令其着迷。他们就这样游走在死亡的边缘，享受活着
的感觉。

　　1925 年，热内十五岁。成绩优异的他躲过了做农场工人的
命运。他被托付给了一位失明的流行音乐作曲家，做引导兼秘
书。正是在这位作曲家的身边，热内找到了今后人生的主旋律：

文学和反抗。他乔装打扮，漏夜出行。他在音乐家的书房里找到一本《恶之花》，并向往常一样伸出了手，但这一次他没有抄下喜欢的诗句，而是直接撕下了书页。

第十章
化名——揭露内心的名字

想当作家的叛逆少年决定给自己起一个笔名。笔名能藏匿他的真实身份，但也揭示了他本来的内心意愿，就好像戴上和善的面具是为了体现自己的温柔，戴上骇人战士的面具是为了威吓。他最终选了"纳诺·弗洛拉纳"作为自己的笔名。为什么会选"纳诺"（Nano）？是借用了"矮子"（nain）之意吗？是"娜娜"（Nana）的男性对应名？还是一个小巧、亲密又有些滑稽的昵称？那又为什么选弗洛拉纳（Florane）[①] 呢？是因为他姓"热内"，是盛开着小黄花的灌木[②]吗？他偷偷撕掉了《恶之花》里他最喜欢的那些章节，后来写下了《玫瑰传奇》（*Miracle de la Rose*）和《鲜花圣母》（*Notre-Dame des Fleurs*）。

我十四岁的时候也梦想成为作家。当时只是偶尔（确为偶

---

① Florane 一名的词根为 Flora，源自拉丁语 Florus，意思是"花"。——译者注
② Genet 这个姓的拼写与发音与 genêt 的相同，后者是"染料木""灌木"的意思。——译者注

尔）在学校写了几篇成绩还不错的作文，我就决定给自己起个笔名作为成为作家的第一步。我选了鲍里斯·奥里热（Boris Aurige）。你们一定觉得奇怪，为什么还是鲍里斯。因为我的名字代表了我的祖籍是中欧，在 1950 年的法国还不常见。我虽然对中欧不甚了解，却以此为傲。但事实上，除了祖籍的差异，这个名字在法国更多意味着遥远的出生地和不正常的童年。我很庆幸我活了下来，躲过了盖世太保和德国军队的追捕，但我从未谈起这些，我的沉默在别人眼中很是古怪。为了让自己融入社会，我需要一个笔名。

　　"二战"期间，为了掩藏身份，我不得不用一个普通的法国名字：让·拉波尔德（Jean Laborde）。这个名字或许救了我的性命，却与我毫无关联。这是个真正的假名，它不是面具，而是一顶蒙面风帽。如果我说出我的真名，我可能会被检举，被盖世太保抓走，最后死在奥斯维辛集中营。为了指明我作为作家的社会身份，我需要一个笔名，抑或是一副伪装，一条欺人之策，既能表达内心期盼，融入社会，又不会暴露自己。《德尔斐的御者（奥里热）》（Aurige de Delphes）是一座著名的古希腊雕像，因其男性美而著称。我不知道自己是从何得知这尊雕像的，不过，它之所以让我产生兴趣，不是因为它的高贵和优雅，而是因为它传达出的为奴隶而战的使命感。我借奥里热这一笔名表达了我的渴望、我的意愿，那就是实现更高的价值、帮助被压迫的人们。

六岁时曾被监禁的我，曾只身待在闭室的我，战后在监狱般的收容所里待过数年的我，想要成为给别人带去自由的人。

我梦想通过写作解放非洲黑奴，从而解放自己。但我的成长轨迹将我引上了另一个方向：开办精神病院和免费的治疗中心；为幼儿园和贫民区的儿童提供教育便利。鲍里斯·奥里热这个笔名源于我真实的故事，揭示了我真实的渴望，理想中的我潜入了社会并站稳了脚跟。

内心隐秘的故事给了化名以意义。罗曼·加里曾多次背井离乡，更名改姓，变换语言和身份。他自称注定"要以别的名字重生。不会满足于唯一一个英雄的形象，也不会只创造一部标注自己'名字'的作品。频繁的改变构成了他的过去……矛盾面具下的夸张个性……如果用类似卡什夫这样的名字，能成为大作家吗？"罗曼·加里承认："我曾花数小时'试用'各个笔名……想象着自己以别的名字示人，于贝尔·德拉瓦莱、罗兰·康贝尔道尔、阿兰·布里萨尔、罗曼·科尔泰，还有罗兰·德·尤瑟沃。"[1]

化名也是经过选择的，揭示内心意愿的化名无法完美地藏匿假名的主人。正如同小偷盗窃也不是盲目而为，他所偷的东西能清晰体现他的意图。热内的劣迹清单揭示了他内在的灵魂：流浪，游荡，逃跑（1926 年 4 月，1926 年 7 月，1927 年 12 月），偷走数瓶开胃酒（1939 年 6 月），偷衬衫，偷零碎布料（1939 年 10 月），偷床单（1940 年 3 月），偷书（1940 年 12 月），偷床单

（1941 年 3 月），偷书（1942 年 5 月），偷了《华宴集》（*Les Fêtes Galantes*）的豪华装帧本（1943 年 7 月），偷书（1943 年 11 月[2]）。真是一张稀奇的罪行表！流浪、布料和书竟是他最为执着的"恶行名目"。

自 19 世纪末以来，人们将弃儿小偷小摸的行径视为理所当然：无家可归的孩子会成为小偷。《雾都孤儿》中的奥利弗·崔斯特在被一个小资产阶级家庭收养前，曾是一个儿童盗窃团伙的成员。加夫罗契是个露宿街头的孩子，也是个具有革命精神的小混混，他在工厂工作时一刻也静不下来。雨果的《悲惨世界》，左拉的《家常琐事》，莫泊桑的《一生》，埃克多·马洛的《苦儿流浪记》，都向我们讲述了颓败家庭的意外不幸。那个年代有那个年代的判断公式："被遗弃的童年 = 悲惨的童年 = 会犯罪的童年……民众指责这些孩子游手好闲，偷鸡摸狗……十分肯定的是，这些穷苦的孩子普遍被认为生活在乡下，没有受过教育，今后会成为恶棍。"[3]

在一份长达九十六页的未成年男孩罪犯花名册里，我们看到了下列名字：让·阿拉里，私生子，因盗窃被监禁两年；西蒙，绰号"小杂种"，十一岁半，因偷兔子被监禁两年；路易·雅克，私生子，十三岁，偷窃毛绒玩具，五年有期徒刑；让，私生子，乞丐，在教养所待到二十岁；西蒙·谢朗，十岁，因盗窃被判八年监禁。[4]

第十一章
情感性研究

1914 至 1918 年间的第一次世界大战及工业的迅猛发展碾碎了无数人的灵魂。无家可归的孩子们被亲戚、邻居"收养",或者进入虐待成风的收容所。传统观念认为这些孩子就是"日后该上绞刑架的人"。他们被剃光头发,披上斗篷,戴上无边软帽,穿上厚木底高帮鞋,走路的时候嘎嗒作响,就像囚犯一样。这些孩子被孤立,被辱骂,接受粗暴的指令,最后往往变得怯懦或暴躁。然后,人们就顺理成章地认为孤儿都会变成罪犯。

"二战"以后,文明得以进步,人们开始探究到底是什么原因让这些孩子变得粗暴野蛮。勒内·斯皮茨(René Spitz)和安娜·弗洛伊德(Anna Freud)首次提出了一个观点,那就是汉普斯特保育院在伦敦大轰炸(1940—1944)后收养的孤儿,其情感紊乱的原因要归结于缺乏母亲的照料。这两位知名的精神分析学家建议用一种临床手段观察、记录、测试失去母亲的婴儿的行为。[1] 他们将观察到的行为视作精神紊乱的症状,对此,很多精神分析学家都持保留意见。[2] 但引起最大争议的还是安娜·弗洛伊德的一个观点，即母亲是导致孩子精神紊乱的根源。[3]

　　幸运的是，仍有一些精神分析学家对这一观点颇感兴趣。我的导师塞尔日·勒博维西（Serge Lebovici）就是其中一位，他向我们展示了斯皮茨的研究和罗贝尔松夫妇拍摄的影片[4]，片中这对父母记录下了他们的孩子在托儿所时的绝望。这些资料一方面挑起了人们对托儿所的不信任，同时也引起了女性的不满。

　　伦敦大轰炸之后，针对失去父母的婴儿进行的临床观察显示，情感缺失会引起诸如哭泣、喊叫、消瘦、自闭、面无表情等症状。若情感缺失一直延续下去，情感反应就会被抑制，孩子会变得嗜睡，仰面朝天，没有任何心理活动的表现。但是，斯皮茨说，如果"将母亲还给婴儿，或为婴儿选择一位合适的替代者，婴儿心理紊乱的症状会以惊人的速度消失"[5]。

　　伦敦大轰炸造成了巨大的悲剧，留给临床医生观察幼小病患并治愈其身心的重任。但对各种心理紊乱的原因予以解释，并为修复紊乱提供了可能性的，是动物行为学。在《孩子出生后的第一年》[6] 的参考书目中，有28条是关于动物行为学的，它们通过实验的方式证实了情感缺失会影响孩子的生长发育。

　　1946 年，精神分析学家约翰·鲍尔比（John Bowlby）进入塔维斯托克诊所学习动物行为学，他从学习中得到启发，对孤儿的行为紊乱进行了描述。研究对象的选择往往是一种自白：鲍尔比，生于 1907 年，他的成长轨迹和那个时代普通英国资产阶级家庭的孩子一样。他的母亲每天只在下午茶时间陪他一小时。她觉得依恋是一种危险的情感，会让孩子变得任性。所以，小约翰在七岁时就被送到了一所制度严格、漠视情感的寄宿学校。这种对情感的避讳直到今天依然存在，很多学校和机构都规定教员必须喜怒不形于色。通过动物行为学实验，鲍尔比揭示了情感缺失是造成儿童基本需求减少的主要原因，他也借此理解了自己的焦虑从何而来。在当时的文化氛围下，无家可归的孩子终将堕落的偏见始终存在，鲍尔比从缺乏母亲照顾的角度对此进行解释[7]，并强化了这种偏见。鉴于"二战"后孤儿的数量激增，世界卫生组织请他撰写一份报告。鲍尔比指出，正是母亲的缺失导致了儿童的堕落。[8] 他的这份报告引起了著名的人类学家玛格丽特·米德（Margaret Mead）的勃然大怒，后者认为儿童的成长不需要情感，鲍尔比的研究完全是在为压迫女性找合理借口。[9]

鲍尔比用缺少母亲来解释孤儿的堕落，米德则否认了情感在儿童成长中的重要性。但两人的结论都未免有些草率。最新的研究显示，情感对行为的影响是一个渐进的过程，而外部压力会指引并转变儿童在小时候获取的情感和信息，使他们逐步完成到青少年、再到成人的过渡。当孤儿被替代者给予安全感，他们就不会再走上歪路。但当他们被遗弃在冷漠和粗暴的环境中时，就会克制不住冲动并在冲动下行事。如果社会能够提供稳定的情感生境和教育环境，那么，这种情况就会是可逆的。如果孩子在情感缺失后仍独自一人，伤口就难以愈合。[10]

对 SOS 儿童村的跟踪研究发现，幼时经历情感缺失的孩子较晚独立。[11] 由于没有清晰的且可被认同的参照对象，他们会经历混乱和选择障碍期，也难以顺利实现青春期的转变。女孩通过学习让自己稳定下来，男孩则为了独立而急于工作。在这些孩子中，30％的有反社会行为，15％流浪、酗酒、吸毒或其他犯罪。他们融入社会的困难程度远高于普通人，但若能长期帮助他们建立人际关系并引导他们融入社会，紊乱情况会慢慢减轻，心态也会变得更为平和。

幼时的伤痛并不是阻碍青少年独立的唯一因素，当时的教育风格、价值等级及社会文化环境也减缓了孩子们迈向独立的步伐。在儿童救助协会（OSE），虽然孩子们有一个不错的成长环境，但他们的情感交流仍表现得迟滞，最需要情感的他们却在惧怕情感。男孩子终止学业，早早地踏入社会，不挑不拣地干起了各种体力活儿。这也是当时包工头数量增加而失业率降低[12]的原因。

随着时间的流逝和科学研究的推进，各种观点在如今看来十分清晰。鲍尔比当时是正确的，他揭示了犯罪和情感缺失之间的关联。1951 年，人们认为青少年罪犯从小就是坏种子，却没有意识到教化衰退会阻碍他们融入社会。这种固有观念阻塞了青少年获得情感支持和社会援助的通道，进而使其无法得到心理复原并改变人生轨迹。

玛格丽特·米德愤怒于看到母亲们因鲍尔比的报告而产生负罪感。她当时的观点或许也有一定的道理，但她没有关注同时期针对依恋的其他研究，这些研究指出对儿童最有效的保护是"有多重依恋的家庭体系"[13]。在这样的家庭中，其他家庭成员会和母亲一起抚养孩子。目前的研究确认了情感缺失确实会导致孩子难以独立，但若能为他们提供可靠的人际关系和社会帮助，他们最终还是可以实现独立，只是晚一些罢了。

第十二章
堕落文人

　　没有人会惊异于大众对堕落文人的迷恋。我们对这些游走在社会边缘的天才是如此痴迷，甚至把他们放进了教科书里。我们让自己的孩子欣赏犯下命案的弗朗索瓦·维庸或粗俗的军火走私商阿蒂尔·兰波写下的华丽辞藻，学习因枪击兰波而入狱的魏尔伦、偷窃成性的让·热内以及说谎成癖的罗曼·加里的优美诗篇，还有那些美化了暴力的恶棍和魅力十足的骗子的电影。

　　怎么理解这些罪犯的魅力呢？歌舞升平之时，我们的幸福感微不足道；兵荒马乱之中，不幸感却愈加浓烈。我也是如此。和平时期，我瘫坐在扶手椅上，看着橄榄球比赛或咒骂或喝彩。还有一些人坐在路边喝着啤酒，大声嚷嚷或哼着小曲。遭遇恐怖袭击的混乱时刻，我们需要一位抗击厄运的英雄。牺牲自己救了孕妇的警察阿尔诺·贝尔特拉姆（Alnaud Beltrame）是崇高的，他的死振奋了我们的精神。多么出色的英雄！披着宗教外衣的恐怖分子发动的突然袭击让我们窒息，而这位警察光荣的牺牲使我们得以释放压抑。

堕落文人用漂亮的辞藻和悲惨的身世让可怕的事物变了样。他们向肮脏的现实投以金子般的文字，将泥淖变为胜境。文字的力量催促着这些囚徒在监狱的墙上奋笔疾书。浴室里的肥皂用来洗澡，监狱里的肥皂则可以被刻成一个……牢笼中的人。[1] 苦役犯会编织麦秆，将其做成女用小妆匣，还会雕刻贝壳，在石头上画画。在集中营里，一滴香水就可以让瘦骨嶙峋的囚犯找回做人的尊严，在某种意义上，这是一种反抗。在臭气熏天的炼狱中，这滴香水像是在宣告："你们别想让我泯灭人性！"[2]

在和平时代，一块面包算不上什么了不起的食物。一旦遭遇饥荒，它就是救命的稻草：

> 一小块面包微不足道，
> 却可以温暖我的身体。
> 在我的心里，
> 它如同盛宴一般……[3]

在堕落文人的阵营中，弗朗索瓦·维庸、阿蒂尔·兰波、保罗·魏尔伦和让·热内不分伯仲。与这些富有诗意的流氓相对立的，是那些从小就乖巧、端正的文人，龙萨就是代表之一：

宝贝儿，去看看那朵玫瑰

清晨初绽花蕊

裙瓣沐浴阳光，

方才褪却昏黄

堇色裙摆翩翩

而您的面庞，正是如花容颜……

为了对抗"褫夺您美貌的残忍自然"，龙萨建议风花雪月、及时行乐。这是好斗诗人的烈酒和贵族子弟的温茶之间的差别。坏男孩的魅力在于制造事件，最终活下来！衰退的身体和中毒的灵魂都是他们诗作的题材。

在我们之后的人类兄弟，

请不要对我们铁石心肠，

……我们也曾有鲜活的皮囊，

如今却被吞食，腐烂，

我们的骨头成了灰烬和尘埃。

没有人嘲笑我们的罪孽。[4]

当雷欧·费亥（Léo Ferré）带着迷人的痞子气吟唱《绞刑犯谣曲》（La ballade des pendus）时，何人不动容？维庸，从孤儿成长为教士和诗人，用他的厄运撩拨着我们的思绪。虽然他出生后就遭遇不幸，好在和萨德、热内一样，他很小就被收养、被疼爱，在相对舒适的环境中长大。然而，收养他的家只是风雨飘摇的百年战争中一方小小的避风港。频频上演的死亡和悲剧使粗俗和暴力大行其道。爱起哄的大学生热衷于和持械士兵打斗。大学被关闭，老师走上街头示威。在一次打斗的过程中，弗朗索瓦·维庸杀死了神甫菲利普·塞穆瓦兹（Philippe Sermoise）。经历了一段时间的潜逃、藏匿，他最终还是被捕并被判了杀人罪。被监禁在夏特雷时，他创作了《绞刑犯谣曲》。

维庸创作的那些被吟唱、被表演的谣曲和抒情诗都是在诉说边缘人——被社会驱逐的恶棍——的故事：《风尘女子谣曲》（Ballade aux filles de joie），《肥玛戈谣曲》（Ballade de la grosse Margot，肥玛戈或许是弗朗索瓦·维庸光顾的妓女），《昔日贵妇谣曲》（Ballade des dames du temps jadis）……维庸加入了一个无赖团伙，学会了盗窃和装模作样。这个团伙里的成员好斗、嚣张，极具攻击性，因而遭到了警察的追捕。"他们中有好几个被逮捕，被拷问，最终供认不讳，被施以煮刑或绞刑。"[5] 身陷囹圄的维庸缺食少穿，还患上了结核病，靠在监狱的墙上挥写诗句来排解愤懑。

这些诗人的命运多么奇妙，生前历经苦难、饱受折磨，但在死后的数个世纪里，他们却装点着孩子们的灵魂。

1740 年出生的萨德·多纳西安（Sade Donatien）有一段衣食无忧却情感淡漠的童年。他很仰慕他的父亲。他的父亲是普罗旺斯的一位贵族，为了与妓女厮混，将妻子赶出家门。小萨德被托付给他的叔父萨德神甫。叔父住在阿维尼翁附近的索玛讷城堡，同样过着放荡的生活，目空一切，只图一时享乐。"施虐者的性行为建立在受虐方形同其私有物且失去一切本能的基础上。受虐方不能有任何自然行为。"[6] 当双方之间更多的只是生殖器的接触时，我们还可以把它称为性关系吗？这样的性行为给了施虐者完全的自由，让他可以不给施欲对象半分爱恋和自由，只允许对方被动接受……

　　一些孩子在没有"他者"的环境中长大，一个人自乐："这些人生来孤独，不需要任何人。"[7] 移情是一种为了想象他者世界而使自我发生偏移的能力，它的发展取决于外部环境。当孩子独自一人，感知不到他人的情感时，是无法习得移情能力的，只会对源自他单人世界的刺激做出回应。不管外部环境是好是坏，若孩子独自一人，他的移情都会停止发展，因为他没有可以互动的"他者"。在这样的情况下，当孩子长大有了性冲动时，他不会引导自己选择另一个人倾泻欲望，也不会疏导情绪。他们无法缔结任何依恋关系，也不知如何应对自身的欲望。"自然，我们所有人的母亲，只教导我们要关注自己……'对我们来说最明确的是'，她给我们永恒不变的至高建议是不惜一切代价取悦自己……残忍不是罪责，它是自然给予我们的最初感受。"[8]

要是弗朗索瓦·维庸没有入狱，他或许只会是个普通的教士；要是没有巴士底狱和疯人院的经历，萨德或许只会是个放荡之人；要是没有进过少年犯教养所，让·热内或许只是个聪明但整天愁眉苦脸的排版工人。罪责和堕落使这些内心有缺损的人不得不借助文学逃离监禁。

萨德藐视王庭，多有违逆；他也看不起拉科斯特的农民。他在普罗旺斯艾克斯的乡间有栋房子，常邀妓女和一些少年寻欢作乐。当他被关在万塞讷的塔楼和巴士底狱时，生活条件非常恶劣："囚室潮湿昏暗，没有窗户也没有明火……后来就渐渐可以点菜，还可以弄到纸、笔和书……大约有六百本书。"[9]在这由石块堆砌的地狱中，写作是他唯一的脱身之计。还是自由之身时，他成天在家牢骚满腹。锒铛入狱后，他逃进了写作中："十一年的监禁……让一个人崩溃，却也因此诞生了一位作家。"[10]1789年7月4日，法国大革命的前几天，萨德被转移到沙朗东修道院。因为他放荡乱伦，所以他是个疯子；因为他实施性虐待，所以理应被处死。他咒骂上帝，认为上帝屠杀之罪更甚于乱伦，而乱伦则应"为各大政府所容许"[11]。性虐待观催生了众多的书籍、电影和戏剧作品。

秉承相似观点的让·热内始终以弃儿的角色自居，且在成年后被恶念所掳获。传统观念认为：热内爱作恶，是因为曾有人对他作恶；他难以融入社会，是因为"他只涉足了难以让其立足的那部分社会"[12]。这套推理乍一看自有它的逻辑性："自出生之日起，他就不曾受到关爱，他的到来不合时宜且多余……他不是他母亲的儿子，而是他母亲不要的废物。"[13] 这番惊人的话语像是广告口号，让人忽略了这名年轻罪犯的致命魅力。孩子偷食物是为了"拥有某物：即使只是从桌上掉下的一丁点儿面包屑，他都会舍命护着"[14]。

　　如果我们只是具有逻辑思维的生物，我们就会沿着上述思路进行思考。然而，我们更是一种具有心理分析能力的生物，因此会给出多种多样的解释。热内讲述被囚禁的岁月时说道："我在地狱很幸福……我逃票坐了火车……被判了三个月监禁，后在梅特莱的教养院待到了二十岁。"[15] 他还说："我那时十六岁，在这世上形单影只，教养院就是我的全部……这种感受或许要同时归因于被遗弃、穷困和身在地狱的幸福感。"[16]

第十三章
过去的痕迹影响今日的感观

我能理解心理分析的多样性。在巴黎求学伊始，我住在罗什舒阿尔路（Rochechouart）42 号的一间小阁楼里，位于皮加勒①和巴尔贝斯之间。那是一个七平方米的小屋，只有一张白木小桌和一张小床，天花板上有个窟窿，阵阵寒气就从那儿溜进来，没有供水也没有暖气。我无心学习，成绩惨不忍睹。当我囊中羞涩，买不起食物时，就会去楼梯间接水，化开一块鸡汤味的佐料块②，蘸着之前省下的一点儿面包果腹。这样的生活在你们看来一定是孤独、潦倒且绝望的，然而对我来说恰恰相反。我得以藏匿在自己美妙的幻想中：终有一天我会成为一名医生，我的职业如此高尚，即便我刚走出战争的荒漠，仍在死寂的钢筋水泥中蹒跚前行，大家仍然会接受并肯定我的存在。

---

① 皮加勒区（Pigalle），这一带过去是当地艺术家欢聚一堂的地方，现在已经成为举世闻名的夜生活中心。——译者注
② bouillon KUB，固体调味块，使菜肴具有鸡汤的味道。——译者注

如今我要是故地重游，定会心生温情，因为正是在那里，我曾独自一人忍饥挨饿，衣衫褴褛，百无聊赖，却又满怀美梦。

　　我记得曾有一位女病人，她在教会收容所度过了一段不幸的童年，记忆中留存的满是暴力和蔑视。她这样对我说："我很奇怪自己居然会喜欢小时候在邦巴斯德（Bon Pasteur）喝过的那些难喝的汤。"她的丈夫和孩子们对此也有些惊讶，表示难以理解。那些难喝的汤对她来说其实意味着战胜了不幸：尽管她幼年不幸，如今却有了一位善良的丈夫、两个活泼的儿子和一个舒适的家。汤的坏味道在她的头脑里形成了一种感性形象，让现在的她变得幸福。她的家人没有经历过类似的境遇，因此只会喜欢美味的汤，也就难以理解她的感觉。

　　西蒙娜·薇依[①]受邀参加一场奠基仪式，她像泥瓦匠一样熟练地用镘刀涂抹水泥。这让一位官员很是诧异，于是，时任卫生部长的西蒙娜穿着优雅的香奈儿套装笑着回答："我被关在集中营的时候就学会做这些了。"当西蒙娜口中吐出奥斯维辛集中营的名字时，她一定感受到了重获自由的幸福，或许还带有让那位官员百思不得其解的乐趣。

　　西蒙娜的例子并不意味着苦难会带来快感，但过去的苦难记

[①] 西蒙娜·薇依（Simone Veil, 1927—2017）：生于法国尼斯，律师与政治人物，在瓦勒里·季斯卡·德斯坦任总统时期，曾任法国卫生部长、欧洲议会议长、法国宪法委员会成员。——译者注

忆确实会带来渴望和期盼，因为有缺憾才会有期盼，正如同酒足饭饱时，我们就不再想继续吃喝。缺憾能激起生活的乐趣，身处黑暗才会期盼光明，立足雨下才会等待阳光，身陷囹圄才会渴望自由。塔哈尔·本·杰伦（Tahar Ben Jelloun）曾说："写作是为了走出监狱或遗忘自己的形单影只。"[1] 当一个人受到家人的关爱，每天乖乖上学，有一份足以糊口的普通工作，有正常的性取向，又怎会有写作的欲望呢？绝不会有！无可说，无可写，一切都平淡无奇。

客观现实和我们内心世界对现实的呈现并不完全一致，这点可以借由一种记忆现象来进行解释。当一个人进入某种环境，他的神经系统会提取一些信息，留下最初的记忆痕迹。在成长的过程中，当他接收到同样的信息时，会体验到一种让他感到安全的熟悉感。从此以后，他会倾向于选择这样的依恋对象，并产生依恋效应。[2] 所有未浸润在记忆中的，所有不熟悉的，都会使人产生陌生感，从而阻碍依恋关系的建立。外部世界由此被分为使感受主体产生倾向性的熟悉对象和使感受主体行为僵化或逃离的陌生对象。

当孩子的头脑被一个熟悉的对象所浸润时，他会对这个对象产生安全型依恋，而这种类型的依恋会给予他发现客观世界和他人世界的力量和乐趣。他要学会在外部环境发生改变时寻求保护，从而顺利地成长。当感官生境发生改变或因不幸而变得贫瘠，机体就不能获取带来安全感的信息，留在记忆里的就会是不安全感。当新的变化不可避免地发生时，孩子记忆中的不安全印记会发生作用。

大部分受过虐待的孩子都会这样，一旦有了不安全感的印记，他们就会回避人际关系，因为人际关系对他们来说是一种侵犯。当加入一个团体，比如幼儿园，或和其他成年人共处时，他们会拒绝一切人际往来，而不是像普通人一样相互交流和学习。和他人保持距离能消除人际交往给他们带来的压力，从而使他们感到宽慰和放松。通过这样一种行为适应，他们构建了一种非社会化的关系模式。他们拒绝他人的保护，加深了自身的孤独。

一个觉得自己不配得到关爱的孩子得不到他所需要的关爱。在慢慢适应了这种"无价值"[3]的感受后，他就会确信"无价值的自我"，并且越陷越深："我就是个叛徒、小偷、劫匪、懦夫、告密者、仇恨者、破坏者，我要用斧子和叫喊来破除将我束缚在这世俗世界的绳索……我要离你们远远的……"[4]

孩子潜意识里被抛弃的记忆等待着一个被抛弃的未来。[5] 被虐待的孩子等待着被虐待，因为印刻在他记忆里的表象正上演着这样的一幕："我就是会挨打。"内在行为模式（MIO），即待实现的自我规划，成了新的自我构建的主体。[6] 这或许可以解释一个现象，那就是为何被侵犯的女性容易再次受到侵犯。性侵犯给受害女性带来了难以承受的创伤，并将这种创伤刻印在她的记忆里。当她独自一人，孤立无援时，脑海中就会不断浮现被侵犯的画面，创伤的痕迹也由此更加深刻："我会被人侵犯，但没有人帮我。"她适应了这样的记忆表象，开始听天由命，这就是曾被侵犯的女性比一般人群更易再次受到侵犯的原因。[7]由此可见，对能否平复创伤最好的预测依据就是本人对创伤的再描述："您如何看待曾发生在您身上的事？请试着对其进行描述、记录并理解。请加入一个团体，并行动起来，这样您就能再次掌控被侵害所摧残的内心世界。"

他曾是一个想要支配自然的小男孩。云彩正向西边飘去，为了显示自己的权威，他命令道："云，往东边去！"没有一片云改变方向。于是男孩又说："好吧，你们都往西边去！"这下所有人都看出来了，云"服从"了他的命令……

妄图指挥云彩，且推崇萨特理论的热内写过这样一句话："一个人，比起被动接受，反而会主动索要他人所予之物。"迷恋堕落的他从作恶中获得快感，并使自己相信，他能够完全自主地决策其"锄强扶弱"的行为。我们发现，热内所偏爱的"扶弱"对象往往是武装团体，那些"有志青年"为社会所不容的图景撩拨着他。他不关心煽动独裁的政派，真正使他产生快感的，是受迫害的"大好青年"手持武器恐吓其统治者的图景："人们都躲着他。他形单影只。他的勇气给了他无穷的勇气。"走投无路就会实施侵害，被困牢笼才会渴望逃离，不容于世引燃暴虐之心。热内唯一的自由就是被褫夺自由，并以此为自己的亵渎之心正名。

第十四章
死亡赋予生命意义

当一个巨大的不幸把我们撕裂的时候，痛苦无以复加。心理活动会因此停滞下来，受到强烈情感刺激的大脑也不再处理信息。神经成像显示，此时的大脑仅会消耗维持基本机能的能量，其颜色是蓝色、绿色或灰色。重获生机后，新陈代谢开始恢复，神经元再次释放热量，成像的颜色变为炽热的红色、橙色或黄色[1]，大脑也重获了感知世界并为之具形的能力。然而，生命的意义会因此而实现吗？

大脑害怕空虚，它无法描述空白。一旦有了缺口、缺失或失去，精神世界就会用诸多假设、探索或荒诞故事进行自我填充。当创造力也无法填补空虚时，我们就会感受到因为没有人而造成的焦虑："生命因此失去意义，这是不堪忍受的苦痛，是一种毁灭……的确，当我觉得生存的最后意义逐渐消失……我被绝望支配。而另一个世界在我体内悄然生成。"[2]

若一个孩子长期孤零零的，他的大脑就会停止运转，脑海中不再有画面或幻想，更不会有渴望。没有回忆，没有叫喊，没有反抗，甚至没有绝望。没有什么可以失去，没有什么可以梦想，消沉的生命不再有任何期待。[3]

若一个老人总是独自一人，他的大脑也会停止运转："老去意味着所珍视的生命一个接一个地在眼前消失。曾被遗弃的经历使他极度敏感，在孤独的助力下……埋藏在每个人内心深处的分离焦虑再次出现。"[4]

为了不坠入空白的世界，我们要利用自身尚存的那部分生气追寻过往的记忆并同他人分享。由此，精神活动得以重启，内心世界得以填充，新的关系得以建立。当大脑因高龄或疾病而日渐衰退时，就不再能进行记忆搜索了。这种情况下，如果家庭和社会不能提供帮助，虚无，即空白的世界，会占据他的内心。[5] 行尸走肉般的躯体内，灵魂也形同枯槁。唯有借助"重建"才能将其"再次唤醒"："新旧素材相互融合，多样共鸣相互交织，触发机制使内隐记忆保存下来的画面参与到新的重建方案中。"[6] 这可以定义为老年人的复原力。

家境良好的孩子可以整合他所获得的信息，他们不是创造者而是革新者，而孤儿则必须在失去的基础上进行"重建"，以免陷入虚无。

意识源于差异。当信息一成不变，人就会麻木；当两个信息对立，就会引起紧张和超意识冲突。如果世界上不存在死亡，生也就无法被理解。要感受活着的幸福，就必须有可以和幸福进行比照的对象：或许是不幸，或许是失去幸福。要填补缺失的空白，就必须用某种表象来唤回幸福，这种表象能让我们想起失去的天堂，能让我们心生欢愉，还能赋予生存以意义。也许这就是我们为什么喜欢走进电影院观看悲剧电影，或喜欢阅读那些讲述主角历尽艰险最终获胜的小说。需要强调的是，表象所给予的幸福是持续且可再生的，而感知则如毒品一般，会带来强烈的快感，一旦消失，就会让人产生痛苦的缺失感。

如果人类是永生的，那只能体会到生存的疲惫，而不会有重生的快乐。如果总是吃饱喝足，就不会有狼吞虎咽的快感。苦难的消失其实是最大的苦难。

但因为我们有机会经历不幸，所以不得不寻求能给予自己幸福感的宽慰。没有苦难，就不需要他人；没有缺失，就无以创造；没有梦想，就毫无动力。这样的生命形同空白，是更甚于痛苦的无意义的存在。

这也是为什么忧郁会植根在人类的心中。在情感匮乏的孩子的精神世界里，忧郁生根发芽；虚弱的躯体里，灵魂变得黯淡。黑暗中，他什么都看不见，没有为他照亮道路的梦想，没有给他带去刺激的交往。当赢无所赢时，怎么会有赢的欲望？身在没有计划的世界，怎么会动身出发？

当弗洛伊德发现内在世界不是由"邪眼"或罪孽，而是由无意识的冲突来掌控的时候，他就在我们的文化上留下了浓墨重彩的一笔。维克多·弗兰克尔（Victor Frankl）曾在奥斯维辛集中营体验到了灵魂出窍的感觉，他尾随自己行将就木的身躯，以一种冷漠而又好奇的视角观察自我。在地狱门口徘徊的这段经历深深地烙印在他的心里，并促使他探究如此可怕的知觉有何意义。得以幸存的他随后发现，只有"追求意义的意志"才能让他重新学会生存。[7]在观察一棵树的时候，他的情绪有了一丝波动，因为树干的弧度使他想起他尚可体会到生之乐趣的那段岁月。被囚拉文斯布吕克集中营的日耳曼·蒂利翁（Germaine Tillion）生不如死，但当她真正决心赴死时，却发现湛蓝冰冷的天空竟也放出了一瞬的幸福之光。于是她又回到狱友身边。"人只要参透一个'为什么'，就能承受任何'怎么会'。"[8]无论是在哲学、医学、心理学、诗歌或其他艺术领域，苦难的缘由都会使人迸发极大的创作欲望，而理解的欲望则引导我们获得理解的快感。

当生命就此逝去，我们会觉得这是一场灾难，一颗星辰就要陨落。若是历经劫难后侥幸生还，就会面临另一个问题，那就是心理复原。

我很想结识维克多·弗兰克尔。1905 年，他在维也纳出生了，当时，"潜意识"这一概念正慢慢融入奥地利的文化，随后发展为精神分析理论。十五岁时，他给弗洛伊德写信，随后又与阿尔弗莱德·阿德勒（Alfred Adler）的朋友们往来频繁，尽管他们相处并不融洽。他从实践中获取的知识远多于各类学术会议。作为一名实践者，他像农民一样脚踏实地，从一名外科医生一步步地成为神经科医生、精神病学专家，而后成为哲学家。"二战"期间，他拒绝接受纳粹为精神疾病患者施行安乐死的指令。1942年，他和家人被捕并被送至奥斯维辛集中营。作为敏锐的观察者，他发现在集中营里最先倒下的往往是和平年代里看似拥有力量的强者，而弱势群体却能咬紧牙关，顽强坚持。这些人更有敢于直面恐怖现实的勇气，因为在他们心中有着另一番诗意的生活景象，能为眼前所遭受的非人待遇探寻到意义："面对荒谬的现实，最'脆弱'的人可以开辟新的内心世界，追寻意义，给希望留下一席之地。"[9] 当人处在极端环境中，这种现象更会频繁出现。精神力量远胜于身体力量，它会指引个体直面苦难并增强心理韧性。"没有方向和目标，我们就不能构想，亦无法继续前行。"[10] 这种力量之所以形成，是因为一个待实现的计划，而非因为一时的安逸。广岛事件之前，日军营地关押着不少美国人，最早倒下的是那些身强体健的足球运动员。"弱者"因为内心有"诗意"的力量和美好，因此能顽强坚持[11]。

对这些人来说，"意义"不是一个抽象的学术用语。赋予苦难以意义，就是在心中点燃了一盏指路明灯。我们需要不断前行、想象、思考、交往，以此帮助自身构建意义。拉伯雷曾使用的"élabourer"①一词更是强化了"脚踩大地思考的农民"这个隐喻。当他努力回想过去，正如同农民在辛苦劳作；当他苦苦思索，正是在强健大脑。遇见一个人并与之进行简短的交谈，那个人就为其心理复原提供了帮助。诗意的、心理的或科学的构建会让难以忍受的现实拥有让人可以接受的那一面。有时候，苦难令人费解，但缓慢的脑力劳动、情绪分析或关系构建使我们获得了理解苦难的乐趣。

人活在世上本身就是未解之谜。我们可以漫无目的地活在平庸的当下，行尸走肉般无意识地呼吸、行走。或许有人从不探究生命的意义，但大部分人会感到惊讶，甚至会有些惊慌：为什么会有生命？为什么会有自然？为什么会有宇宙？为什么世界不是虚空的？这些谜题令人着迷却又使人不安，只有探寻答案才能安抚内心并激发活力。造物主为我们指引道路，告知我们生存的意义、与万物共存的技能和道德的约束。所有一切都一目了然，我们得以了解生命，明白了为什么会有苦难，为什么终有一天会死去。许多人都已经找到了答案。灵魂的修行使我们超脱于眼前的现实，创造人类生存的条件。

弗洛伊德主张从性的角度来分析心理现象，维克多·弗兰克尔对此颇有微词。他认为弗洛伊德的精神分析理论过于教条且轻

---

① élabourer 结合了 élaborer（制定，起草）和 labourer（耕种）两个词。——译者注

视了精神因素的重要性，在他看来，"所有的宗教都是必要的，都应受到尊重"。我们可以用宗教解释不可能之事，赋予其形式和方向。当痛苦突然袭来，探寻意义可以帮助我们改变感知方式，启发灵性，点亮内心世界，渡过难关。[12]

1514 年，阿尔布雷特·丢勒（Albrecht Dürer）创作了一幅铜版画——《忧郁》（*Melencolia*），寓意了人类面对宇宙的无力。这幅被世人多加揣度的作品展现了人在无法探寻意义时的挫败感。仰面朝天，眼神空洞，身边是一道不知通向何处的阶梯，在沉闷的世界里徒有一具躯干。天使低垂眼眸，小狗昏昏欲睡。对忧郁的描述亘古不变，无事可做，无人可想，无话可说，世界又怎会焕发生机。画面一隅，用以治疗忧郁的工具正摆在地上：圆规，角尺，刨子，钢锯，钉子，沙漏计时器。或许通过这些物件，手艺人就能找到存在的意义，填补生命的空白。只需一个意图，一个"追寻意义的意志"，就能让一切重获生机。然而忧郁的黑色汁液在心中流淌，浇灭了激情，扼制了美化现实的力量，也阻碍了我们对意义的追寻。

第十五章
终结之后，便是重生

动物、植物及人类的进化可以借由突变和灾难来实现。一颗星辰的陨落昭示着其世界的终结，再无复原的可能。不过，若一个充满活力的世界只是出现了裂痕，那么，它还会有被拼凑整合的可能。当精神有所寄托，我们便能重获生机。不过，我们看到的将不再是原来的事物，观察世界的方式也有了不同，这就是复原的定义。[1]

地球生命出现以来，上演了五次物种大灭绝，摧毁了近95％的生物。但每次灭绝之后，都会出现"新物种的大爆发"[2]。同样，每一次文化消亡都会催生新的创作、新的关系模式、新的规则和新的价值。正如丢勒的那幅寓意画《忧郁》呈现的那样，一切存在的意义都是为了恢复生机，只差一次适当的相遇。相遇会激发出看待世界的新方式，而文化则扮演着为相遇提供舞台的重要角色。每一次社会或文化灾难都是进化的契机。长久以来，物种大灭绝因疑团丛生而被忽视；如今，我们承认它是

"最强大的创造力之一"[3]。

经由灾难完成进化同样适用于人类社会。最典型的例子就是1348年暴发的鼠疫，也就是"黑死病"。寥寥数年之内，它夺走了近一半欧洲人的性命。劳动力紧缺，耕作无法继续。土地变成了荒地或森林。葡萄和谷类作物从视野中消失。幸存下来的劳动力如此精贵，以至于农奴的概念也不复存在。

城市人口锐减：在佛罗伦萨和威尼斯，居民死亡率分别达到了80％和75％。房屋空置，房价暴跌，农村人口涌向城市。短短两年，法国人口就从一千七百万降至一千万。[4] 这场人口和地理上的剧变在随后的几年里引发了另一种思考社会生活的方式。

通常来说，进化总是伴随着两个相互对立却又密不可分的过程：破坏和重建。没有什么比难解的现象更能引起人们探究的欲望。导致很多人丧生的原因究竟是什么？对此，一些人倾向于从物质层面进行解释，认为疫气，即动植物的腐坏及其散发的气体是罪魁祸首。听信这种解释的人开始使用以各种草药为原料的烟熏疗法。为了避免吸入疫气，他们戴上能遮住口鼻的面罩，穿上长长的黑袍。为了防止中毒，他们吃植物根系、蜂蜜和松香树脂。医生开出由蟾蜍黏液、鸟粪和在满月夜屠宰的雌鹿胆汁混合而成的糊剂。这合乎逻辑吗？答案是肯定的：既然死因是物质的，那么治疗手段也应是物质的。这就是其中的关联推理。

还有一些人倾向于从非物质层面进行解释，把希望寄托在护身符和辟邪物上。他们列队迎神，借助神秘力量驱赶死亡。每一次自然灾害（火山喷发、地震等）都会加深人们的信仰。惊魂未定的幸存者比任何时候都更需要上帝。鞭笞派①教徒深信是因为人类犯下了滔天大罪，上帝才会施加如此严厉的惩戒，而自己应对惩戒心存感激。仁慈的上帝给了救赎的机会，只要自惩就能赎清罪孽。教徒们撕开长袍，捐献钱财。一旦付出了身外之物，赎罪和获救的希望就会降临。

面对天灾（蝗灾、火灾、干旱）人祸（战争、种族迫害），人人望而生畏。精神上的"瘟疫"很容易扩散：当身边的亲人、朋友和邻居都在畏惧、哭泣、叫喊、颤抖时，个体又如何能保持冷淡、泰然处之？当死亡迫在眉睫，人们不由自主地加入了祈求神灵庇护的行列，分享求生的希望。这是一种不理性的行为，却能带来莫大的宽慰！由此，我们便可以理解在 2010 年海地大地震（一分钟内造成约二十五万人死亡）之后，为什么会有狂热的游行队伍向上帝致谢；也可以理解 14 世纪"黑死病"过后，为什么绝望的幸存者选择了静修。

灾难之后，还有一种很常见的做法，那就是寻找一个"替罪羊"。归咎于他人就可以减轻自己的负罪感，就有了坚持下去的

① 鞭笞派，又称鞭挞派，欧洲中世纪瘟疫大流行背景下诞生的基督教教派，企图以鞭挞赎罪，他们相信是人类的罪孽带来了瘟疫。——译者注

动力，就有了群体攻击的对象。例如惩戒犹太人，夺走他们的财物，之后，一切将会步入正轨。在疫病肆虐最为严重的普罗旺斯、土伦、马诺斯克和福卡尔基耶，犹太人遭到屠杀，他们的屋舍也被洗劫一空。在瓦朗斯，犹太人被投入水井，因为有人谣传他们在井水里下毒。这种泄愤的行为还会带来其他一些好处：很多犹太人是放款人、银行家，即债主，消灭了债主就免除了债务。此外，40％的医生是犹太人：他们知道什么会救人，那也就知道什么会害人。既洗劫他们的钱财又匡扶了正义，一举两得！

当厄运袭来，人们理所应当地会去探寻原因。如果是自己的罪过，那就自我鞭笞；如果是别人的罪过，那就除之后快。这两种解决方式都可以缓解自身的不安。灾难也会带来正面效应：破坏之后必会重建，人类社会因此得以进步。

作为鼠疫杆菌的易感人群，儿童大量死亡。很多年纪轻轻的女性也在这场鼠疫中丢了性命。经此一疫，那些年迈且陷入哀伤的男性成了社会的治理者，比起战争，他们更渴望和平。在这种新的人口和文化结构之下，年长者掌握了话语权。期盼重获安宁的他们给了家庭和亲情以极高的地位。鼠疫之前，家庭生活虽然其乐融融，却也因子女众多而争吵不断。两年后，即1340年，年长者定下了新社会的基调："我希望我所有的家人都住在一起，同炉取暖，同桌用餐。"[5]

情感生活曾多么遭人鄙弃，鼠疫之后就有多么受人推崇。骁勇善战、刚强有力的男性不再是英雄形象的代表。触发社会问题的暴力成了破坏的代名词，不再被人谅解。在刚刚经受了创伤的文化氛围下，艺术家们试图描绘一切能抚慰人心、增进友善的事物。自乔托开始，画家们开始刻画个体的面部表情，而不再是千篇一律的群体肖像，因爱情而结合的夫妻成了他们创作的主题。在瘟疫过后的中世纪，各种家用物品跃升为艺术家们迷恋的对象，婚礼成了颇为流行的绘画主题。在画家笔下，淳朴的夫妇坐在婚床上，婚床的周围摆放着长椅、箱笼和搁脚凳。整理床铺，在床上分娩，在卧室中迎接死神，都是动人心弦的创作题材。[6]

每次灾难之后都会经历类似的破坏-重建现象。它不同于一般的患病-治愈过程，而是首先发生了创伤性的毁灭，而后重新组织社会或对生存方式进行再规划。一定程度上，这更多的是一种文化的复原与重生。经历了 14 世纪的黑死病之后，人类开始重新思考一切：生命的意义，亲情，婚姻，家庭，以及人生规划。

1870 年，法国在普法战争中落败，背负巨额战争赔款的村民不得不改变日常生活的方式。他们衣着朴素，像普鲁士人一样剪短了头发，因为他们认为正是普鲁士人严苛的自律使他们赢得了战争。1914 年爆发的第一次世界大战——20 世纪首次荒唐而又残酷的劫难——启发了超现实主义、达达主义及其他以荒谬为灵感来源的艺术流派。毕加索创作了《格尔尼卡》（*Guernica*），记录了佛朗哥的军队轰炸手无寸铁的格尔尼卡民众这一史实。但协约国在德累斯顿、勒阿弗尔及布雷斯特所造成的破坏却没有激起艺术家们的创作意图，他们在这些暴行面前选择了沉默。第二次世界大战期间，以贝克特和尤内斯库为代表的荒诞派戏剧主宰了舞台。20世纪60年代开始的科技进步打碎了过去依靠体力和生育构建社会的文化。第三产业的发展改变了社会化的进程。在新的社会背景下，我们用学历文凭、人际交往艺术和专业技能来参与社会生活。

第十六章
哀伤和创造力

我们在前文中讲述的故事体现了一点，那就是文化崩塌会划分新的价值等级，以及悲痛的悼念可以激发创造力。

从父亲的精子和母亲的卵子结合开始，个体发育就不断地受到环境的掌控。在受孕时，精子和卵子都置于物理-化学反应的影响之下。受精卵经过分裂，形成一个小小的胚胎。随后几天，胚胎长出胎芽。接着，胎儿开始处理不断扩大的外部环境的信息。到了孕晚期，若母亲因遭受了家庭暴力或经历了社会灾难而痛苦不安，胎儿也会对来自母亲身体的刺激作出反应。母亲的情绪变化加剧了自身的紧张和压力，并把这种源自人际关系或社会原因的生理信息传递给胎儿。

胎儿呱呱坠地之后，个体发育还在继续。新生儿感知的世界是由嗅觉、味觉、触觉、温度、声音及光线构成的。[1] 从第二个月起，他们就可以辨认出母亲的面容。第三个月，他们可以辨认出父亲，之后依次是家庭圈、熟悉的近邻和陌生的旁人。

18 至 20 月龄的幼儿学会了说话，是因为他们已能感知两种相关却又相异的信息：依恋和分离。[2] 依恋为他们提供了安全感，使他们有勇气并乐于探索不断扩展的外部世界；远离乃至分别，让他们学会用语言去搭建两个不同心理世界之间的桥梁。儿童的大脑只有发育到一定的程度才会感知到相异性，并愿意与相异的事物进行交流。这种能力最明显的行为标记出现在幼儿 11 至 13 月龄的时候：还不会说话的孩子用手指着够不着的毛绒玩具或依恋对象经常使用的物品[3]。到了 18 至 20 月龄，孩子就会明白，他可以用声音指出时间和空间上距离较远的对象，在这个阶段，他只要在母语的环境下习得那些词语即可。在初步掌握了语言这门工具后，他最先学会指出的是那些他可见的对象。除了哭喊或表情，他也学会了其他表达情绪的方式。他用他的语言对他人的精神世界产生影响。

通过口中之词表述不可见的世界，孩子可以填补两种心理状态之间的空白。他用词语创造并描绘了另一个世界，不可见却又能与他人分享。一通责骂、一句赞美、一则故事、一部小说或一个电影都能拨动他的心弦并对他产生长久的影响。通过一连串生动的言语，现实中不能感知的对象得以浮现眼前。到了这个成长阶段，给孩子带去安全感的不再是他人的身体，而是与他人分享虚构世界的行为："词语成为与思想、概念和表征嬉戏的方式。"[4] 分离这两种不同信息的过程会让人产生一个想法，那就是不可感知的世界要远远好过可感知的世界。有时，这个虚构的世界是一个奇妙之境，它鼓舞我们，成为我们的安全基地；而有时，它是一个不幸之地，滋生我们的仇恨，要知道，仇恨也是一种力量，只不过它是有害的。

失去珍爱的对象即意味着他在现实中不复存在，这一让人无所适从的境况会激起心底强烈的反应。我们仍对逝去之人心存依恋，记忆中会不由自主地浮现出他的身影。为了避免遭受空虚和忧郁的折磨，我们要进行创作。我们不断回想，聚首哀悼，翻看照片；我们将其姓名铭刻石碑之上，讲述他的生平。

任何文化都有葬礼仪式的存在。"死亡是生命的飞跃，抑或仅仅只是生命的终结？"[5] 对于这个富有哲理的问题，进化生物学已经给出了答案。事实上，生和死既对立又关联；个体的死亡与确保繁衍的性紧密相连。若将两者割裂，生命就会枯竭；失去适应环境变化的能力，生命就会消失。[6]

从心理学的角度来看，有一个现象惊人地相似："众多的文学作品，无论是诗歌、戏剧，还是小说，甚至自传，都暗示了……人类的一些悲剧塑造了生命的意义。"[7] 创作在缺失中孕育，并借此建立了隐形的关联。

如果思维总是一成不变，意识就会变得僵化。单调的重复阻碍了意识的觉醒。丧葬礼仪中为什么常常会有文明最初的印记，那是因为死亡是一种彻底的……终止："文化总是在毁灭中生成。"[8]

　　当孩子能用语言描述难以感知的事件时，他就具备了进入抽象世界的能力："出生之前我在什么地方？……死后我又将去往何方？"到了6至8岁，孩子的大脑已经发育成熟，他学会了表述时间，抽象思维也逐渐完善。这一阶段，负责预测的前额叶神经元连通起负责记忆的边缘叶神经元[9]：当未来与过去相通，对时间进行描述也就成了可能。

　　良好的大脑发育让孩子具备了表述时间的神经功能，但是，如果他不与周围的环境互动，他就没有了填充时间片段的素材。这种什么都无法描述的状态引发了对虚无的焦虑。

　　在缺乏情感刺激的情况下，孩子对外界的反应根据自身发育的程度各有不同。如果孩子在出生不久后就失去了父亲或母亲，那么，对他来说，这只是一种缺失，还谈不上哀伤。孩子尚不知道父亲或母亲已经死亡：他们只是不在身边而已。孩子的感官生境变得贫瘠，大脑接收的刺激也相应减少，甚至会因环境原因出现机能障碍。肠道和大脑不再分泌内啡肽——一种让人产生欣快感的类吗啡物质。相反，背侧丘脑（隐藏在大脑深处的小团神经核）神经系统对任何轻微的刺激都会做出激烈的反应[10]：生活中再正常不过的状况都会让他惊惧。这种情况下，在孩子的眼中，世界对他充满了敌意。如果孩子没有早早地就失去父亲或母亲，如果他从稳定的感官生境里获得了足够的安全感，同样的世界在他眼中会充满探索的乐趣。孤单的孩子带着戒备的情绪感受外面的世界。他不会知道他的丘脑因早期的孤独而出现了功能障碍。他意识不到他的情感世界有了缺失。对他来说，世界就是他感受中的模样。

我们无法通过理性手段修复情感功能障碍，但可以重建给人以安全感的感官生境，以此调节丘脑的神经元机能。提供情感支持的话语比提供信息支持的话语更有效："别怕，我就在你身边"显然比"我要刺激你的丘脑神经核团"有用得多。这两句话的深层次意义是相同的，但"我就在你身边"的表述更易为儿童所接受。因此精神治疗首要的是要给予安全感，然后才是给出建议。[11]

若孩子在 6 至 8 岁的时候经历亲人离世，他会强烈地感受到失去："妈妈再也回不来了。"他潜意识的痛苦是因为失去了依恋对象，这和不知失去了何人何物的早期情感缺失是不同的。孩子没有了情感上的"监护人"，他会感到难过，却不知原因。在葬礼上，我们不停地想着失去的人，悲伤、悔恨、愤怒、绝望等情绪交织。接着，我们学会在变化了的环境中继续生活。为了减轻痛苦，我们想方设法让逝者"复生"：做梦梦到他，翻看照片时想到他，说话时念着他（"爸爸还看得到我吗……"）；或者书写传记，回忆幸福时光。

我记得有一位男士，他是一个出色的航海者。一次他和妻子坐船出海，风平浪静时，他就惬意地躺在甲板上看书，但他的妻子觉得航海是一种冒险行为，因此目不转睛地关注着大海。当看到丈夫若无其事地躺着看书，她抬脚就把书踢下水，两人因此争吵起来。后来，他的妻子去世了。悲痛的他独自一人重返大海，并带着淡淡的忧伤不停地讲述自己的妻子是如何热爱航海，如何认真对待这项运动以至会用脚去踢掉他的书。他没有说谎，不过，当他在记忆和叙述里再现妻子的时候，他篡改了自己和妻子在一起时的情感，把当时的愤怒转化成了悲伤。

由此可见，叙述过去可以减轻失去所爱带来的伤痛，因为一个事件的情感内涵会随记忆而变化。我们可以构思一个脚本，布置一些场景，讲述一些事件，将之演绎成一部私人影片、一番自我分析。还可以聚集三五亲朋，谈论逝者的过去。口中所述之词具有极强的交互性，让我们觉得不是独自一人面对悲伤。笔下所录之语则不同：它更深入内心，也更具想象空间，因为我们不用再顾及他人的在场。

不会说话的孩子尚不能体会到失去所爱之人的痛苦，但他的成长会因这份失去而受到影响。对于这些孩子来说，唯一的解决办法就是给他们提供新的依恋对象。如果任凭孩子独自待在情感匮乏的环境中，他会逐渐变得迟钝。[12] 面对失去时作出的表现应是一连串的依恋行为：哭泣，不安，寻找；记住逝者在世时的音容笑貌；举办葬礼进行哀悼；整理消失的关系，并缔结全新的关系。[13]

葬礼之后，家庭结构要经历一番重组，活着的人学着在没有逝者的环境中生活，并慢慢适应新的相处模式。这就是我们所说的，在亲人离世之后要与各方"重新建立关系"[14]。有时，哀悼的对象也可能是祖国、自由或理想这样的抽象概念。[15] 若我们的脑海里一直怀有憧憬、希望或美好的空想，它们就会浸润我们的记忆。当不得不将其抛弃的时候，我们便会如失去至亲一般痛不欲生。

第十七章
奇特而又忧伤的愉悦

　　父亲的去世其实对孩子有着特殊的影响。在不同的文化当中，父亲与孩子之间的情感关系几乎可以忽略不计。在近代，这些"一家之主"为了补贴家用，每天都要工作约十五个小时，他们凌晨4点摸黑出门，漏夜归家一身疲惫。只有整日待在家里照看一切的母亲才有机会与孩子建立依恋关系。在这样的背景下，掌握经济命脉的父亲就是家中的绝对权威。在孩子心中，父亲的去世意味着压迫者的消失。"父亲的去世将福楼拜从生命不能承受之重里解放了出来。葬礼次日，他如释重负：'我终于，终于可以开始工作了！'"[1]

　　弗洛伊德在父亲去世后也获得了解放："父亲死的时候，我感觉重获新生。"[2] 葬礼之前，弗洛伊德还因受父亲的意志和当时文化的束缚而从事传统的神经病学和神经生理学研究。1896年父亲去世后，弗洛伊德终于得以用"精神分析"来命名他的研究。伴随这种自我肯定而来的是一系列著作的发表：1899年

《梦的解析》； 1901 年《日常生活的精神病理学》（*Psychopathologie de la vie quotidienne*）； 1904 年《精神分析法》（*De la technique psychanalytique*）； 1905 年《五大心理治疗案例》（*Cinq psychanalyses*）。仿佛父亲的存在一直在阻止他说"我嘛，我想……"。

　　罗曼·加里从不谈起他的父亲，"哪怕是被看作没有父亲的孩子，也不想母亲声誉受损"。[3] 在父权主导的文化中，父亲制定规则、指引方向，规定孩子行为的界限。父系权威一方面为家庭成员提供了安全感，另一方面却也扼制了家庭成员对自我的表达。福楼拜、弗洛伊德及其他有类似境遇的人，在父亲死后才真正做回了自己。

　　与上述情况不同的是，孩子夭折是一种巨大的情感创伤，会在父母心中留下难以抚平的伤痕。诸如"他会如何长大？""他会喜欢些什么？""他会爱上谁？"这类问题再也没有意义。陀思妥耶夫斯基、福克纳、安德烈·马尔罗、维克多·雨果等人都曾经历过丧子之痛。失去孩子不是一种解脱，而是打击心灵的巨大伤痛：孩子已经永远离开，从此再无期盼，再无眷恋。挣扎在痛苦深渊的父母常会有写作的强烈欲望。似乎书写已离去的孩子的一生可以让他们如同枯槁之木的心灵恢复一线生机。

　　写作可以抚慰失去的伤痛，却未必能让人重获幸福。悲伤的父母觉得自己的生活出现了缺口：我再也没机会去学校接他放学了；我那么爱他，可他却不在了。通过书写死去的孩子，我寄托自己的思念，重建内心的世界，填补情感的空缺，虽然我的世界不再是空洞的深渊，但我还是会痛苦。这种痛苦与刚失去时的痛苦是不同的，因为它改变了颜色，不再是黑暗的、苦涩的，而是变成了悼念幸福过往的忧伤。

维克多·雨果在经历了大女儿溺亡的悲剧后，写下了一首诗，它激起了一种奇特而忧伤的愉悦：

> 明日，拂晓，正当田野上天色微明，
> 我就会出发。你看，我知道你在等我。
> 我将越过丛林，翻过山岭。
> 我再也不会久久地远离你。
> ……
> 我不看落日遍洒的金光，
> 也不看漂向哈弗勒尔的白帆远影，
> 待我到达，会在你的墓前
> 放一束绽放的欧石楠和一束翠绿的冬青。[4]

雨果优雅美丽的大女儿莱奥波迪娜正值新婚燕尔。她的丈夫夏尔购买了一艘小船，邀请他的叔叔和侄子泛舟塞纳河。途中，一阵大风掀翻了船身。夏尔的叔侄和被长裙缠身的莱奥波迪娜都没能游上岸。游泳能手夏尔六次下潜试图营救，但当他意识到自己回天乏力时，便追随妻子而去。之后的四年里，雨果深受打击，不能交谈，更无法写作。当他渐渐平复之后，就开始通过诗歌与女儿对话，倾诉他的爱："你看，我知道你在等我……我再也不会久久地远离你……会在你的墓前放一束绽放的欧石楠和一束翠绿的冬青。"

他可否用一些日常语言或一种行政式的声明来讲述这场悲剧，譬如"1843 年 9 月 4 日，吾女，死于维勒基耶，塞纳河上。夏尔·瓦克里之妻，在此安息"？冰冷的文字是无法让人动容的。当文字只被当作一种机械的记录手段，它就成了对灵魂的侮辱。而诗歌，这种用文字谱写的音乐，以非常规的铺陈打破了一般语言的逻辑，又以这看似不合理的语言表达了真实的心声："斯人已逝而我爱之如故。"

真正能抚平伤痕的不是简单的口头讲述，而是对语言的再加工，是诗歌、小说、戏剧或散文。当语言被锤炼之后，它将不再是机械的，它会赋予"失去"的伤痛以另一种形式。

第十八章
言语的缺失刺激欲念

  杰拉尔·德帕迪约有一段普普通通的童年。在那些没有文化、见识浅薄的家庭里，没有人会对孩子们的成长加以管束。但杰拉尔的不同之处在于，他善于运用别人的话语，尤其是大作家们的话语，来点缀自己的灵魂并走出污浊的童年："我曾一直梦想，梦想独自一人出走……我其他的兄弟姐妹……他们和我经历了一样的事情，却过着跟我不同的生活。"[1]如果换作是我，会这样说："我的兄弟姐妹和我都生活在一个物质穷困且文化贫瘠的街区，但他们跟我过的却不是一样的生活。他们不会欣赏世界，也体会不到文字的魅力。他们安于现状、固步自封。"

  婴儿时期的德帕迪约应该没有被遗弃的经历，即便他的母亲曾试图用缝衣针阻止他的降生。德帕迪约一来到人世，围绕他的便是尖叫、嬉笑、争吵、整日醉醺醺的父亲和体型肥胖的母亲。这一切构成了还不会说话的孩子的世界，唤醒了他的大脑，培养了他的叙述能力，却没有为这种能力提供充足的语言支持，也没有真正改善他的话语交际。在家里，德帕迪约无法获取文字：在故乡沙托鲁，"我们一家人挤在两个小房间里，根本透不过气来。当我在外面做我想做的事时，感觉就好多了。这样的童年真是美妙"[2]。

孩子在出生后的几个月里学会用笑、哭喊和手舞足蹈来表达自己，让父母开心或惹他们生气。[3]小德帕迪约觉得，"这样的童年真是美妙"，而他的兄弟姐妹则很有可能会说："这样的童年真让我们遭罪。"

我还是医生的时候曾陪伴过一对龙凤胎。他们的父母生活贫困，也不愿踏入社会谋生。我还记得男孩这样向我描述他美好的童年：他的父母从来不管他们，"对我们听之任之。我被邀请去朋友家过夜他们也不管。我在街上玩，偶尔去上学，父母也从来不担心。我有一段美妙的童年"。

在同一个环境下长大的一母同胞的姐姐却说："父母抛弃了我们。他们只想着自己，想着自己的朋友。他们说个没完，却从不陪我们玩，也不教我们任何东西。我有一段被遗弃的童年。"青少年时期，她主动要求去寄宿学校，选择了对她弟弟来说形同监禁的生活。

德帕迪约和这个小男孩一样："十岁时我就在外面晃荡……我在商店里溜达……还逃票看电影。"他还有偷窃和手淫的习惯。"我爸爸从不管我在哪儿……我高兴得很。"[4]他对他人产生的冲动以及从行动中获得的乐趣使他觉得这样的生活就是一种自由。

我十岁时，住在圣心教堂后的奥尔德内街（rue Ordener）的一个两居室里。收养我的家庭在市场上做买卖，我常陪着他们一起去。晚上我帮他们算账并收发交易信件。午夜时分，我会去克利希和皮加勒一带散步。有好几次我不得不设法摆脱一个登徒子的纠缠，挣扎着逃跑。但我没有因此而感到害怕，还会在学校里若无其事地谈论此事。同学们听了我的讲述，有的吃惊不已，有的哈哈大笑，仅此而已。当我读到德帕迪约的自传——"我母亲的缝衣针都没能杀死我，我还会怕谁呢？"[5]时，我又想起了这些事，我喃喃自语："战争都没能杀死我，我还会怕谁呢？"过度的自信很可能会引发不幸，但生活如此，就该正面迎击。德帕迪约曾是个边缘少年，而我也一度觉得自己是个"垃圾"，不过，我们都拥有同样的自信、同样的想法："小偷小摸我们也能逃出生天，身陷泥淖我们也能勇往直前。"这种自信源自早期的感官生境及情感互动：德帕迪约的生境是激烈的、寡言的，而我的则是激烈的、多语的。我们各自建立的依恋关系和人际模式让我们在面对生命中无法避免的考验时作出不同的应对。换成别的孩子，要是同我们有一样的遭遇，早就被吓坏了，或许他们因感官生境的贫瘠而养成了脆弱的性格？重要的不是事件本身，而是当事者如何看待和感受事件。任何人生经验都是由个人的成长和际遇造就的。

不一样的童年给了德帕迪约待人的热情，使他能融入社会；另一方面也使他难以抑制自己的冲动，渐渐远离社会。少年德帕迪约的世界里缺少话语，因此他贪婪地学习他人的话语。这种对他人话语的热爱，对他人和对生活的热爱导致了他的斑斑劣迹。对他来说，逃票看电影是身手敏捷的表现，从侧门神不知鬼不觉地溜进去，何罪之有？逃票坐车是警觉性高的体现，因为必须避开检票员，找准时机开溜。偷一辆汽车只是因为心情不佳，第二天一早就还回去，怎么能算是偷？

热内的小偷小摸则有不同的意义。他对爱他的人下手行窃，他偷书和布料，明知一稿二投就已触犯了法律，却还用同一份手稿和三家不同的出版社签订合同。偷窃对热内来说不是一种生活的乐趣，而是一种反抗和作恶的快乐：你们的爱困不住我，只有背叛你们，我才会自由；要是你们把我送进监狱，我就用自己的笔走出来；我要讲述面目可憎的生活，讲述堕落带来的快乐；被压迫的人在奋力挣扎，武器和犯罪给了他们尊严，亦将他们的暴力合理化了。

要是热内说："我爱堕落、仇恨和欺骗性的暴力——背叛。"德帕迪约估计会这样回应："我欣赏男性，尊敬女性，迷恋猫儿。我的施暴方式就是冷嘲热讽，在玩笑中攻击对方。"

这两位日后备受爱戴的失足少年都因文字获救。"我为了摆脱愚昧而演戏……我本出生于虚无、贫困和无知，而今都因演戏而得以解脱。"[6] 德帕迪约或许觉得他人是自己的代言人，他在电影《大鼻子情圣》（ *Cyrano de Bergerac* ）里也表达了这一观点：加斯科涅的军官西哈诺觉得自己太丑，无法获得女性的青睐。文采飞扬的他为帅气迷人的克里斯蒂安代笔情书，自己却无法开口吐露真心。银幕上的西哈诺就是现实中的德帕迪约："我把自己看得太低，我的形象也不好。我从不敢想会有一个女人爱上这样的我。"[7]

西哈诺的情书让罗珊娜爱上了克里斯蒂安。西哈诺弥留之际，罗珊娜才得知了真相，她喃喃自语："十四年了，我以为他只是个有趣的老朋友而已。"

热内躲进书里以逃避社交，并将文字作为复仇的武器。而德帕迪约沉醉在台词的世界里，并借此宣告自己的感情："从未有人对我说话……你将我引入了……只属于我一人的言语世界……我爱你！"[8]

无独有偶，深受波兰反犹太浪潮煎熬的罗曼·加里也通过文字逃避可怕的现实。他很早就没了父亲，母亲原先是个演员，后来开了一家衣帽店，冒失而热情的她常常被一些"思想正统"的顾客欺骗，因为他们觉得没有必要为了一个犹太人缝制的衣服付钱。为了安慰母亲，让她开心，小罗曼用语言构筑了各种想象的世界。[9]

第十九章
情感填鸭扼杀依恋

如果无人可爱，我们就会逐渐封闭自我。如果得而复失，我们就要用言语填补失去的空虚，并架起他（或她）在与不在这两种不同精神世界之间的桥梁。这也可以解释一个惊人的现象，那就是为什么许多创造力出众的人从小就成了孤儿或过早地经历了分别。[1] 此处应注意情感匮乏与孤儿失去亲人是两种不同的状态。处于情感匮乏状态下的儿童大脑停滞，感情枯竭，精神空洞，毫无创造力可言。而失去亲人的孤儿脑中还存有情感印记，他们曾被爱过，在失去亲人后，精神世界突然变得空虚，由此产生了失去的感觉。他们拥有可以填补空缺的素材，能够描述失去的亲人并让他们活在记忆里。"19 世纪最著名的三十五位作家中……有十七位曾遭遇了失去父亲/母亲或与父亲/母亲分别的伤痛：巴尔扎克七岁就被送进了寄宿学校；杰拉尔·德·奈瓦尔八岁丧母；维克多·雨果九岁左右才与父亲重逢；勒南五岁丧父；兰波六岁与父亲分别；圣伯夫还未出生父亲就已去世；乔治·桑和大仲马都是四岁丧父；小仲马七岁才与父亲相认；本杰明·贡斯当三周时丧母；斯汤达七岁丧母；于斯曼八岁丧父；莫泊桑十岁与父亲分别；洛蒂二十岁丧父；维尼十九岁丧父。"² 除此之外还有很多作家，比如波德莱尔、勃朗特姐妹、但丁、杜拉斯、卢梭、爱伦·坡、桑德、托尔斯泰、伏尔泰、拜伦、济慈、斯威夫特、陀思妥耶夫斯基、埃德加·莫兰。他们和无数被忽视、被抛弃或被否定的孩子一样，用写作对抗失去亲人的痛苦。³

若失去后不用语言宣泄出来，将会陷入无底的深渊。若用语言叙述，就可以填补空缺并获得存在的实感。在过去的文化语境下，非婚生的孩子被看作婚外性行为的意外产物，他们因"私生子"的称谓而忍受巨大的痛苦。而在现在的文化语境下，婚姻不再是必须，未婚生子也不再是一种错误，孩子通常会有一对平和的父母，因此不会感觉低人一等。换句话说，对自我的分析和定位一定程度上取决于社会文化背景。

某种依恋风格的获得是由一种无意识的压力引起的，这种压力能激活或抑制依恋机制。害怕的时候，我们想投进一个让我们感到安全的怀抱，因此害怕能激起依恋。⁴ 当我们对一个事物或一个环境产生不安的情绪时，我们会下意识地寻找离我们最近的、使我们安心的对象，而母亲是我们在这个世界上第一个熟悉的人，她的怀抱是我们最初的安全基地。随着神经系统的发育及情感心理的日趋成熟，我们可辨识的空间慢慢扩大，安全感的提供者也随之变多：父亲、保姆、配偶、某位神甫或某个值得信赖的对象。对外部危险的感知激发了我们的安全依恋需求。这种危险或许是看得见摸得着的，比如凶猛的动物、楼梯、电插头或有毒的食物。不过，孩子有时也会从依恋对象的反应中得知危险的存在。

面对危险，作为安全基地的依恋对象本身也会受到惊吓。这种情况下，当受到惊吓的孩子投入受到惊吓的依恋对象的怀中，惊吓便会加剧。这就是情绪传染现象：母子之间，夫妻之间，甚至是团体当中，一个惊慌失措的人会让他身边的人也惊慌失措。

由此可见，依恋不是解决一切问题的万能钥匙，依恋对象只是近在咫尺不足以安抚和鼓励孩子，他/她还必须是平和的，从而让孩子也感受到平和。依恋是一种可塑的联系，它是正在成长的个体与其环境结构共同作用下的产物。必须指出的是，"个体的依恋一旦得到满足，将不再继续活跃"[5]。也就是说，我们对小孩子的保护越多，他们的依恋就越少。有时，当他们被极度满足的时候，就会表现得冷淡，这会让家长慢慢放手。当然，相反的情况更常见，在家庭困难或社会文化环境不稳定的情况下，稍有风吹草动，没有安全感的孩子就会慌乱，这会让家长也变得慌乱。

正常的生活中，会有很多激发依恋的因素：

● 高度依恋需求：当亲人去世、情感破裂、社会动荡或梦想破灭的时候，作为依恋对象的他人必须在场，并通过拥抱、哭泣、诉说等行为抚慰依恋需求者。

- 中度依恋需求：当遇到一时的困境、焦急等待考试结果或孩子孤单一人害怕入睡的时候，他人的只言片语，例如"妈妈马上就来……""别担心，没事儿的……"，就足以传递安全讯息。

- 零依恋需求：当孩子自信到无所畏惧的时候，他不再需要情感证明。他们自主人生，不过有时会招致孤独和危险。

恐惧是一种适应性反应，能更好地帮助我们生存。内心平和的个体不易受外界的影响。他的心中存在他人，却不易被他人的情绪感染。纵使身边暴风骤雨，他自岿然不动。他能想象到他人的痛苦并试图提供帮助，却不会因此让自身也陷入负面情绪或被卷入风波。他拥有情感同化的能力，却不一定深有同感。当他人充满忧伤或仇恨时，他不会陷入同样的忧伤或仇恨中去。

外部环境会深刻影响我们的内心。当国家安宁、社会稳定的时候，依恋可能会成为一种束缚："妈妈，你让我喘不过气来。别烦我，让我安静点儿。"我在多哈（卡塔尔）的那一阵子，对当地父亲们的失职尤为惊讶。相比之下，母亲们比较有情感特权，在她们面前，孩子们不能为所欲为，还要细心体会她们的感受。对这些孩子来说，见不着影儿的父亲就是头脑中那群在运动场上比赛或围坐在足球场看台上的人。到了孩子们十四岁的时候，父亲们再向他们投去诸如豪车之类的诱惑。国家满足了公民的各种社会需求，建造了环境优美的学校和设备一流的医院，给每个家庭发放津贴。在这种情况下，父亲还有什么用呢？怎么定义他的存在呢？当我看到这些孩子礼貌地同头戴面纱的女士交谈却无视自己的父亲时，便想到了煤炭产业迅猛发展时期的矿工家庭：在母亲们口中，每天凌晨5点下矿，连续工作十到十二小时，夜晚带着一身煤灰归来的父亲是家里的英雄。他们不仅辛苦，还时不时地要面对瓦斯中毒、地道坍塌或患上矽肺病的危险。这时，父亲的勇气和对家庭的奉献为孩子提供了一个完美的标杆，同时也会让他们产生些许不安："等我长大了，会有勇气和力量像父亲一样生活吗？"带着这种疑惑，男孩们十二岁开始就下矿干活！他们有着高度的依恋需求：要对父亲怀有崇敬之情，才有勇气继承矿工的衣钵；要对母亲怀有热爱之心，才能上交劳动所得并换取她的爱和信任。如果一个孩子只是吃喝享乐，依恋需求就不会如此强烈了。

第二十章
安全感的来源是依恋而非爱

这种系统的推论模式打破了线性的因果关系。临床案例显示，很多被虐待的儿童会试图保护虐待自己的父母，因此，我们不能再说"小时候没人好好地对他，所以他变得很坏"。过度被爱会剥夺自由并令人窒息，因此，我们不能再说"爱能解决一切问题"。但我们明白了，在艰难的社会背景下生活的夫妇会因为高度的依恋需求而变得更加亲密；被冠以"私生子"污名的孩子会强烈地依恋被正统文化所唾弃的母亲。

社会事件构筑了社会背景，而社会背景构筑了社会人的内心世界。

吉尔·切尔尼亚（Gil Tchernia）五岁时同母亲和哥哥一起被捕，那时他还不知道自己是犹太人。被囚禁在德朗西集中营的那段日子，他的情感生境没有发生什么改变，因为尽管环境恶劣，但他仍和坚强、热情、让他感到安心的医生母亲在一起。[1]或许正是在这种众人皆焦虑的情况下，他对母亲的依恋被激活了，母亲提供的安全感也显得前所未有地重要。战争结束后，吉尔一家团聚。他们经历了战争的考验却没有留下遍体伤痕，仍是原来的样子。他们战胜了逆境，变得更加亲密。

我在被捕的那天晚上第一次听到"犹太人"这个字眼。那时我六岁，身边已没有亲人。我父亲加入了法国军队（外国志愿军组成的陆军兵团）。家族里的年轻人和妇女都加入了 FTP-MOI 抵抗组织[2]。剩下的家人被送进了奥斯维辛集中营。我的安全基地全都没有了。解放之前，我一直处于完全的情感空白状态，随时都能感觉到死亡的迫近。但我仍然得到了强大保护力量的支持：不断有正义之士为我提供庇护，从而构成了我安全感的来源。在被纳粹和盖世太保掌控的世界里，这份安全感将死亡的威胁屏蔽在外。

在经历了数年的孤独、监禁、分离和颠沛流离（偶尔受到虐待）之后，战争终于结束了，然而精神创伤却突然袭来。战时，我有幸遇到了再次燃起我生命之火的人，比如玛格丽特·拉居琪（玛尔戈·法尔奇）——我的保护者和情感支柱，以及那些展现了勇气和慷慨的正义之士。我的姨母多拉在奥斯维辛集中营里失踪之前，一直都是我稳定的情感依靠。我那时十岁，我的个性就在这样混乱的社会背景下形成了：接连不断的撕裂使我摇摆不定，时而欢乐健谈，时而阴冷沉默。沉默是一种自我保护的方式，它减轻了苦痛，避免了误解，却难以让我恢复原来的样子，一如给摔断的腿打上石膏，尽管可以起到治愈作用却妨碍了行走。

吉尔·切尔尼亚与我不同。战后，他们一家重逢，有了新的居所、新的开始。"我们有几次机会得以谈起那个时候的经历"³，一切都是那么顺其自然。他们大胆地讲述着那段本该让他们心碎的回忆，因此避免了影响记忆的两大威胁：闭口不谈或谈论不休。战后，吉尔重新找到了安全基地，捡起学业，最终成为一名医学教授。不过，童年的经历让他对社会犯罪极为敏感，他一生都在致力于同殖民主义和种族歧视作斗争。

我则身陷闭口不谈的泥淖中：战时，人们告诉我，要是开口说实话就会丢掉性命。解放之后，没人相信我的话，并让我闭嘴。他们告诉我，父母是因为犯了极大的罪才会有这样的遭遇，甚至有人对我的痛苦嗤之以鼻。因为我与他人没有共同的话语，于是我将人格一分为二：健谈的一面只说他人能够听懂的；沉默的一面则形同深渊，难以激起任何回响。

一直居于我灵魂当中的只有幻想。既然所说之话无人愿听，那就让所写之言见证我的过往。无须启齿，我就可以向善良的读者倾诉、述说，他们会读懂我。我赋予悲剧一种形式，掌控着对它的描述。那曾令我家破人亡、无处安身的灾难如今就在我的手中，就在我的笔下。

十岁开始，我就练习着给幻想中的朋友写一些虚构的剧本，希望他能看懂。在稿纸上胡乱涂画的我为自己构筑了一个看得见摸得着的安全港湾。写作的对象体现了我的思想，写下的世界也没有与现实脱节，相反，它从现实中汲取灵感，"托生"出了一个感人的故事：一个六岁的小男孩被捕并被判处死刑，他却不知原因。一天，他侥幸逃脱，迷失街头的时候遇到了一些非凡的人物，教导他如何战胜社会给他设置的逆境。

您或许觉得这样的情节似曾相识，因为众多想要赋予生存以意义的影视或文学作品都如出一辙。一旦内心的密证被公之于众，就会演变成更易被理解的虚构故事，就如同将世界置于放大镜下进行观察，局限了视野但突出了细节。

读到这儿，您或许会认为，只要进行写作就不会再痛苦，并不尽然。我们要当心那些过于清晰的解释、过于简化的图像，它们会阻止思考。一些人认为，既然书里写道，近距离可以带来安全感而分离带来焦虑，那么，只要在受伤的孩子身边安排两三个成人就万事大吉了。然而，对孩子来说，身边有人远远不够，更重要的是身边之人要与他建立起依恋关系。一具没有灵魂的躯壳无法提供安全感，一位内心迷惘的母亲无法满足孩子的依恋需求。相反，我知道有不少孩子，即使母亲不在身边，他们却仍以母亲为傲，他们想把自己画的画或写的诗送给母亲。母亲并没有缺席，她虽不在身边或不在现实中，却一直在孩子的心里，成为一个"可以给他安全感且可以被他识别出来的形象"[4]。

第二十一章
当我们不懂何为幸福

在主流文化（小说、电影及各类教育研究）都在鼓吹慈母严父形象的时代里，有一位女性站出来引导大众关注虐童问题[1]，她就是爱丽丝·米勒①。当时精神分析领域内的一些知名学者认为："乱伦只是试图诱惑父亲的小女孩的一种幻想。"这种成见根深蒂固，难以撼动。[2] 受动物生态学启发的依恋关系研究显示，早期（从婴儿刚出生的那几个月算起）缺乏互动会严重影响儿童的生长发育[3]，甚至会最终扼杀一切情感表达[4]。

20 世纪 80 年代，揭露虐童行为及其持续影响的行动纷纷展开，爱丽丝·米勒也积极地投身其中。性格坚毅的她却令世人生出了疑惑：一个对儿童心理研究事业做出了巨大贡献的女性，为何会让自己的孩子那么没有安全感？她的儿子也在自己的作品中

---

① 爱丽丝·米勒（Miller A.，1923—2010），瑞士籍世界著名儿童心理学家，以研究儿童早期心理创伤的成因及对其成年后的影响而知名。——译者注

试图去理解这一点。[5]

　　1923 年，爱丽丝出生在利沃夫一个传统的犹太家庭里。她很早就表现出了叛逆的个性，不按常理行事，也不接受家庭的宗教信仰。因此，父亲疏远她，母亲厌烦她，他们的关系变得十分痛苦："我的母亲很严厉、暴躁、霸道……她将我的爱和生活都摧毁殆尽。"[6] 对她来说，圣经里的那句"当孝敬父母"意味着"你要无条件顺从你的父母。任何教育都是一种对你的镇压"。爱丽丝是个很没有安全感的小女孩，她只有在学校才会觉得自在。一回到家，她就钻进房里，捧起心爱的书本。她没有朋友，也不和别的孩子一起玩，别人都觉得她很傲慢。除此之外，对他人的不信任也成了她社交的阻碍："当孩子在私人领地（家庭）中被忽视，学校就可以发挥替代职能，帮助孩子面对家庭失和、情感缺失或遭受虐待的不幸。"[7]

　　1938 年 11 月，爱丽丝和银行家父亲都在柏林。"水晶之夜"事件当晚，希特勒青年团、盖世太保和党卫军残杀了数百名犹太人，逮捕了近三万百姓，烧毁了几乎所有的犹太教堂，洗劫了所有的犹太商店。小爱丽丝请求父母去巴勒斯坦避难，她的父母却更想回波兰。1939 年，第二次世界大战爆发之后，她的父亲失踪了。尽管和家人关系紧张，爱丽丝还是担负起了照顾母亲和妹妹的重任。她成功地逃出了犹太人隔离区，住进了"雅利安人的城区"，不过，她需要改名换姓，以免被检举揭发。她舍弃了会招致迫害的本名爱丽西佳·英格拉尔，使用了假名爱丽丝·罗斯托夫思佳。后来她被一个波兰人认了出来，还受到了他的威胁和侮辱。爱丽丝说："由于害怕死亡，我必须彻底忘记原来的身份……我怕被人认出是犹太人，然后被纳粹屠杀……我变成了一个虚假的存在。"[8]

战后，她到瑞士学习哲学。她接受了安德烈·米勒（Andrzej Miller）的追求，后于1950年和1958年分别生下了儿子马丁和患先天性痴呆的小女儿朱莉佳。

这对年轻的夫妻不懂何为幸福，两人终日埋头忙于论文。为了成为社会学教授，父亲安德烈日以继夜地学习。母亲爱丽丝一边做翻译，一边接受心理分析培训。在这两个成年人构筑的家庭里，没有活力和热情，只有沉默和安静，小马丁就在这样的环境下渐渐长大了。

小马丁拒绝母亲的哺乳，这让爱丽丝感觉自己被抛弃了。如果母亲时常看着婴儿，同他说话并玩耍，婴儿就更愿意吃奶。如果母亲冷淡无神，婴儿又怎能打起精神。没有母亲情感上的鼓励，孩子是不会吃奶的。[9]爱丽丝没有注意到马丁已处在严重的情感匮乏状态。马丁的健康每况愈下，只好由姨母艾拉抱走抚养："要是那个时候没把你带回家，你就活不下去了。"[10]在姨母家中，小马丁重获生机，但他的大脑里仍留着最初岁月的印记。

如果一个母亲不与孩子进行互动，那么，她对于孩子来说就只是身体存在，情感却是缺失的。小马丁曾在儿童膳宿公寓勉强度日，因为体会不到学习的乐趣，他的成绩并不好。家里的帮佣才是小马丁的启蒙者："对我来说，父母就是陌生人。"[11] 当小马丁再回到家的时候，母亲早已赶走了让她讨厌的保姆，父亲当着她的面殴打孩子，她也无动于衷。于是，小马丁要求重回寄宿学校，因为那里不仅有他的朋友们，还让他感到安全："在学校比在家更自由。"小马丁无法融入自己的家庭，却从陌生人那里得到了慰藉。

爱丽丝·米勒曾到耶尔市（Hyères）参加一个关于心理复原的研讨会，那时，我见到了她。她愁苦的脸色、躲闪的眼神和喃喃的指责都令我吃惊："您的心理复原研究让我们关于虐童问题的分析都白做了。"我经常听到类似的批评，他们觉得我的理论一旦被接受，就意味着受害者的创伤愈合能减轻侵害者的罪责。在他们看来，为了让受害者能进行合理的反击，就必须展示其受害的严重程度和不可治愈性。经过我长久的解释，爱丽丝最后说道："好吧，如果您所谓的复原就是如此，我也很想体验一下。"她邀请我去她在圣雷米的家中，我们一整个下午都在谈论各种理论，却从未谈过我们私下的故事。晚上，我回到塞恩（Seyne）的家中，她来电再次邀约。我们又一次碰面，她向我介绍了她珍视的画作，我们又谈了许久。之后她又一次来电。在此期间，她并未批判心理复原理论。

然而我们的会面一终止，她就在网络上发布了一些尖锐的批评。通常来说，一个偏执的人不会改变观点，他会沉默，会满怀敌意地看着我，然后用语言攻击我，从而为自己辩解。但爱丽丝没有这样做。在我的印象中，她太缺乏安全感了，以至于任何新的论据对她来说都是一种侵犯。此外，她从不看别人的书，也不再去参加心理分析学的会议。她带着录音机独自去往乡间，大声口述自己的思考，把它录下来交给秘书整理。她大部分的素材来源于她的童年以及病人向她口述的被虐待的经历。她十分肯定正是她悲惨的童年教会了她如何看待世界。

她的理论单一且直白：阿道夫·希特勒引发“二战”是因为小时候曾遭父亲毒打；罪犯、毒贩、战争发动者，所有这些人都曾因遭受过虐待而行为暴戾。她对我说：“近东战争之所以持续不断，是因为这些人受过割礼。”

事实上，一些遭虐待的孩子对我说，“被虐待的孩子今后会成为虐待孩子的父母”这一说法让他们很沮丧；小时候曾被严重虐待的蒂姆·格纳尔（Tim Guénard）告诉我，这些话比他父亲的打骂更让他痛苦。[12] 一旦我们给予这些孩子关心和照顾，他们就不会再对别人施加虐待。[13] 爱丽丝之所以一直把她不堪忍受的情感忽视挂在嘴边，正是因为她没有得到过情感帮助。无论是排斥她的家庭、躲避她的朋友、憎恶她的母亲，还是在她看来独断、觊觎权力的心理分析学，都没有帮助她开启心理复原的过程。只有自己一个人待着，她才会觉得轻松。她藏在写作中，更确切地说藏在录制内心独白的过程中，随后又隐身于无须任何实际交往的网络背后。只有这样，"她的创伤才不会再次发作"。[14]

爱丽丝曾试图记录她在华沙度过的那段艰难的战时岁月，但她不敢使用第一人称"我"，不敢将过去置于他人的目光之下，所以，她虚构了一些人物作为自己的代言人。过去，她曾是个东躲西藏、改名换姓的孩子；如今，她继续躲在她杜撰的人物背后。[15] 写作是一副面具，让她可以捍卫自己的观点。她说，"希特勒的祖父是犹太人，'玷污'了他们家族的血统"，这句话也解释了血统在纳粹种族理论中的重要性；所有的精神领袖和独裁者都曾是被虐待的孩子；没有人能走出自己的童年……爱丽丝坚持的就是这样的论调。她没有用笔创造出新世界，没有对照不同的人生际遇，也没有寻求任何解决之道。相反，她深耕她的想法，进而加剧了记忆伤痕，加深了不幸。她用全部精力去证明自己和其他被虐待的孩子的痛苦。她在描述"黑色教育学"[16]的时候指出，对父母来说，孩子是敌人，应该借助教育手段克敌制胜。父母会对孩子说："打你是为了你好。"[17]"爱丽丝·米勒没有打破沉默和暴力的怪圈。"[18] 她与世隔绝，醉心研究，甚至没有发觉自己幼小的孩子正在枯萎。她封闭了自己的情感世界，她在一个她不爱的男人身边生活了二十四年。她没有直面朋友和反对者的意见，而是孤独地写作。她投身网络，发表长篇大论，给素未谋面的笔友重复性的建议。她一直这样，独自一人，画地为牢。

事实上，爱丽丝的行为符合一种内在行为模式[19]。当一种交互方式自发形成，无法到达意识层面时，便会形成一种抗拒一切改变的病态的依恋。母亲不信任孩子，孩子也不信任母亲。双方都在强化对方的不信任感，却不知道他们正在建立一段扼杀彼此相处乐趣的关系。

曾有人这样描述爱丽丝的"美好童年"："她是个被宠坏的孩子……她不受妈妈的管束……甚至不用干家务……她的父母和妹妹平日都为人随和，他们也无法理解家中这个易怒的小女孩。"[20]

因为太用力地反抗，她最后把自我孤立起来。因为太执着于挖掘一个原因并过度阐释，她禁锢了自己的思想。她对依恋理论颇感兴趣。她写作如掘井一般，只朝一个方向不断深入，她认为一切个人痛苦和社会问题的唯一根源都是虐待儿童。她认为自己的生活之所以无比痛苦，都是因为母亲曾虐待过她，她借用阿道夫·希特勒的童年来佐证这一观点。她的声望如日中天，她的作品广受欢迎，这使她的那些论点成为一种文化成规。这样的状况一直维持到了柏林的档案公之于众的那一天，史学家们发现文献与爱丽丝的描述颇有出入。

希特勒的父亲阿洛伊斯是安娜·施克尔格鲁伯（Anna Schicklgruber）和约翰·内波穆克·希德勒（Johann Nepomuk Hiedler）的私生子。他的出身布满疑团，因为这个粗鲁和愚昧的家庭内似有乱伦之举。[21] 希特勒一直试图掩盖或篡改自己"血统不纯"的族谱。

阿洛伊斯是个典型的公务员，他在工作上勤勉，生活上节约，而且自命不凡。他颇受当地社会团体的赏识，但在家中却表现得冷漠且暴躁。阿道夫很不合父亲的心意，因为他爱哭、好动、成绩堪忧，无法通过海关行政竞赛。孩子们从父亲那里得不到的爱，在母亲克拉拉身上得到了补偿。年轻的母亲生下的头三个孩子都夭折了，第五个孩子在六岁时死于麻疹。因此，她对第四个孩子阿道夫宠爱有加："她对两个活下来的孩子……阿道夫和波拉……疼爱得让人窒息，并时刻祈祷他们平安。阿道夫的母亲或许是他一生中唯一爱的人。"[22] 他们的犹太家庭医生爱德华·布洛赫（Eduard Bloch）说道："我还没有见过比这更强烈的依恋。"[23] 这些资料显示，阿道夫在母亲、妹妹和姨母的照拂下，舒适地度过了童年。阿道夫的父亲要对他施暴，这三位女性就会挺身而出地维护他。在当时的欧洲，很多男孩都是在这样的环境中长大的。为了让孩子听话，母亲总是把父亲塑造成"鞭子老爹"的形象："你要是不听话，我就告诉你爸爸，让他揍你一顿。"有些爸爸乐衷于扮演恶人的角色，但大部分却备受煎熬。直到 20 世纪 70 年代，虐待式的教育才渐渐不再是父亲的专属标记。

爱丽丝没有错，她的研究对保护儿童起了巨大的作用，然而，她自己却被困在写作中，将其作为藏身之地。当我们囿于过去，困于唯一一个主题或唯一一个可怕的形象，就会产生轻生的念头。所幸的是，爱丽丝没有选择自杀，但她负隅顽抗的方式是拒绝治疗，她同样也为自己的生命判了死刑。

普里莫·莱维（Primo Levi）选择了死亡。由于不堪承受日益加剧的痛苦和过往记忆的折磨，他最终坠楼身亡。布鲁诺·贝特尔海姆（Bruno Bettelheim）也亲手结束了自己的生命。写作的确帮助他坚持了多年[24]，但早在他被关进集中营时，就已心如死灰。

保罗·策兰（Paul Celan）[25]、莎拉·考夫曼（Sarah Kofman）[26]也通过写作来理解过去、减轻痛苦，他们把写作变成了一种保护自我的方式。然而，他们没能走出过去的牢笼和心中的墓穴。这是因为，如果要让写作成为心理复原的方式，就必须通过写作构建新的人生旅程，但他们的实际情况却不是这样。

艾尔维·巴赞（Hervé Bazin）为了复仇而写作[27]，施瓦兹巴特（Schwarz-Bart）为了改变犹太人懦弱的形象而写作[28]，热内为了获得快感而躲在文字背后[29]，德帕迪约为了摆脱蒙昧状态而走上戏剧之路[30]；他们都为自己开启了新的人生，生命一日不终结，这样的斗争就不会停歇。

第二十二章
居于想象的世界里

如果我们没有了描述世界的话语，世界会是什么模样？一旦学会叙述，我们就可以跳出感知的世界，进入由言语构筑的世界，并体验到被外在表象激发出来的情感。

一个初到人世的孩子还没有自己的经历和故事。但在出生之前，他就已经在父母言语构筑的感官环境中实现了一定程度的智力发育。到了六岁左右，他可以表述时间。从此之后，他需要通过故事来想象今后他将在成人世界中占据的位置。故事为他展现了各种可能的蓝本。故事的主要讲述者是孩子的父母，他们把现实和想象结合起来，编排出一个让孩子着迷的故事。讲故事的时候要声情并茂，这样孩子才会被深深吸引并感同身受地体会故事中可怕或动人的情节。

孩子的幻想里要有动物、植物、日月、星辰，还要有像他一样面对是非的孩子。青少年的幻想里有两性和社会关系，譬如怎样讨好心仪的女孩，怎样扩大自己的社交圈子。成年人的幻想里有各种家庭及社会理论。老年人的幻想里有想要留给子孙后代的回忆。现实的碎片构建了想象，进而孕育出故事。而讲故事，其实揭示了讲述者的意图，他在说话之时渴望对聆听之人施加影响。有了故事，世界变得更加清晰：我们观察到的世界已经置于文字包裹之中。当我们幸运地听到同样的故事，我们就能生活在同样的幻想世界中，就能更好地互相理解。

如果一个孩子无法掌控语言，他就只能接受外部环境的刺激。在成长的过程中，孩子会接触到不同的世界、不同的思想和不同的文化。小说、散文、电影等为年幼的个体提供了各种不同的叙事方式，帮助他逐步完善语言的学习。我们所说的"虚构"其实是一个小把戏、一个圈套，是一种文学或影视手法，目的是赋予想象以现实的形式。虚构推翻了我们的描述，它像是一项不间断的创作，使我们得以重新整理我们的知识。当一个固定的模式僵化了我们的思想，"虚构"的反义词就不再是"现实"，而是"固化"。背诵固化的标语是为了把我们聚集起来，使我们变得更顺从，而虚构则让我们饱览不同的精神世界，用不同的方式串联现实片段，并构想其他的可能性。由此可见，虚构作品是对现实的试验性加工。

所有的故事都是对现实的善意背叛，因为现实太过疯狂。要是我们能感知到一切，就会被各种荒诞且无法关联的信息包围，从而倍感困惑。当身处极度混乱的现实，我们就无法采取符合逻辑的行动。若无法适应环境，我们就会被淘汰、被排斥。这就是为什么我们要"清理"信息，将现实的片段变成虚构的情节，从而在内心构建合理的画面并引导人生的道路。

对信息的缩减使我们得以存活下来。这种缩减是通过感觉器官来实现的：我们的感官只从现实中选取少量的信息。这种缩减也是通过大脑来实现的：人类的大脑感知到的世界与猫或海燕感知到的世界并不相同。这种缩减还是通过叙述来实现的：叙述揭示了我们曾经的故事，同时也隐蔽了一切我们未言及的经历。当我们的智力发育得足够健全，能够对信息进行这样的缩减时，我们就会觉得看到的即现实，其实这已是对现实的重组和加工。差异正是由此而来，因为生活在不同社会文化背景下的不同人群，都在以同样的程序进行信息的缩减-重组，然而他们看到的是不同的现实。显而易见的事实在他人眼中未必显而易见，甚至可能只是思维的陷阱。为了少受愚弄，我们手持两大利器：实验和文学。实验帮助我们截取现实片段，虚构的文学将其整合成故事，献给混乱的灵魂。

所有的世界观都是一份自白，自白者只讲述自己能感知到的世界，而看不到未被人讲述的那一部分。但是，所述事件的情感内涵取决于作者讲述的意图。如果是以复仇为目的，他可以只截取有利于将复仇合理化的现实片段进行讲述。如果是因为沉迷于某个悲剧性事件，他就会不断提及骇人的场面，并因此饱受心理创伤的折磨。如果是以走出悲伤为目的，他就不会再过分关注造成伤害的事件本身，而是会对其进行改写。他会通过比较其他有不同经历的创伤人群来进行创伤研究，从而发掘到其他有不同创伤反应的患者的精神世界。这种科学（考量不同创伤人群的不同经历）或文学（通过阅读来了解别人如何做出不同反应）的认识方法会让我们对创伤有更为客观的认识。

　　这样的科学或文学态度不禁让我们想到，那些终日声称所言非虚的人其实并未说出任何真相。他们所掌握的只是他们早已铭记于心的固化表达，是一种将拥有同样思维方式的人聚到一起的智力复刻。一旦有了不同的表达，就有了相异性，有了争吵，有了辩论，思想史也由此而来："单方总有差错，真相始于二者。"[1] 偏离自我才会产生意识，以自我为中心只会不断重复，而不断重复使人神志麻痹：既然已理解了一切就无须再去理解。思想的复刻是一个舒适的陷阱："众人齐唱"会营造一种归属感，"众心齐一"的亲密虽使人感到惬意却阻碍思想前进。

　　相反，当我们试图去理解、去阐释，和谐与一致就会被打破。文学界和科学界总是充满争议。写一部小说，就是要进入灵魂的深处，从而构思出一个故事，以期引起他人的共鸣。进行科学研究，就是要创新，要提出前所未有的观点，这种创新会动摇一切理所当然，也会激起墨守成规之人的敌意，因为因循守旧可以巩固他们的既有利益，并强化小团体排斥改变的习惯。

我们都需要"二者"吗？任何一部小说、任何一项科学发现都不是无本之木。有了根基，才会有新的发展；接受分歧，才能扩展思维。有人热衷于辩论，也有人视之为破坏团体一致性及自身世界观的外来侵犯。

第二十三章
文字的舞台

　　看到众人围坐一堂参与辩论，我深以为幸。有人热衷于没有硝烟的唇枪舌剑，有人欣赏辩论者的优雅谈吐，也有人偏爱雄辩者的滔滔不绝。著名的"巴利亚多利德辩论"① 是众多小说、戏剧[1] 和科学研究的素材。才华横溢的编剧兼文人让-克洛德·卡里埃（Jean-Claude Carrière）是《探索报》（*La Recherche*）的忠实读者，这是一份高水准的学术报刊，卡里埃常常从中获取写作的灵感。他将一起引发神经学研究和哲学思考的重大事件搬上了银幕：科尔特斯（Cortés）率领一支仅有几百人的小型军队攻陷了阿兹特克帝国并掠夺了他们的黄金。征服者携带的病菌、同邻族奥尔梅克人（Olmèques）和托尔特克人（Toltèques）之间的战争以及通晓多种语言的玛琳切（Malinche，被送给科尔特斯

---

① 巴利亚多利德辩论是 16 世纪罗马教廷和西班牙教会之间的一场辩论，双方讨论的是印第安人有没有灵魂的问题。——译者注

的印第安女仆）的智慧促成了这场奇迹般的胜利。1550 年，神圣罗马帝国的皇帝查理五世将这场胜利转变为一个经济和道德问题：如果不把印第安人看作人类，那就可以给他们套上枷锁，任意奴役，这势必有利可图，驱赶他们并瓜分他们的领土也就算不上是不道德的行为。相反，如果把他们看作有灵魂的人，那么就不能对其肆意蹂躏，也就因此失去了廉价的劳动力。

于是，一场辩论在巴利亚多利德的一座修道院拉开了帷幕，哲学家塞普尔韦达（Sepúlveda）舌战多明我会的修士德拉斯·卡萨斯（Las Casas）。塞普尔韦达认为印第安人不是上帝的造物，卡萨斯却认为和善与智慧的印第安人是完完全全的人类。不要认为诸如此类的论题只是"中世纪的陈词滥调"，我在马赛曾有一位指导老师，他是精神病学界赫赫有名的人物，和蔼可亲，学识渊博。这样的一位智者确也发表过几篇文章，指出阿拉伯人因大脑机能滞后而无法企及西方文明。同一时期，我在巴黎的另一位指导老师——神经外科专家若泽·阿布尔（José Aboulker）则站在其对立面上，他是阿尔及利亚籍犹太人，致力于捍卫穆斯林的权益和尊严……

当时，为了使辩论显得客观，人们找来了数位印第安人并进行了一些实验。当着他们的面，人们打碎了几尊他们崇拜的雕像。结果是，印第安人被激怒了。塞普尔韦达以此为据，认为印第安人信奉的不是真正的上帝。随后，人们又安排了几位小丑表演，想测试印第安人是否懂得欢笑，结果他们完全无动于衷，这又被看作他们不具备笑这一人类的基本特性。值得庆幸的是，恰有一位主教匆忙赶来想阻止争吵，他不小心摔了一跤，引得印第安人哄堂大笑，从而为把他们归于人类提供了有力的证据。

自这场辩论之后，人们一直不知该如何回答这个问题："什么是人？""人"这一身份的授予取决于我们使用的标准。1952年，韦科尔（Vercors）写了一部小说[2]，描写了科学家们开始探寻进化过程中缺失的一环，即一种介于猴（非人类灵长类）和人（人类灵长类）之间的生物。从何时开始，我们可以说"这是一个人"？脑容量不是一个可靠的评判标准，因为大象和鲸的脑容量远大于人类，而鸟类的大脑虽小，却在手工和数学方面有惊人的表现。对工具的使用也不是一个能让人信服的标准，因为很多物种都会用石头制作工具，并用藤蔓结网筑巢。它们会投掷物品，解决困难，成群结队，互帮互助，缔结教育和情感关系。群居的动物建立起亲缘关系后，相互之间也会避免发生交配行为。[3]

说话这一能力可以赋予我们"人"的身份吗？动物可以听懂人类的很多词汇，甚至还能指示物品并创造出类似语言的符号。不过，如今我们发现它们无法听懂双重发音。它们听得懂"去找"（va chercher）这种指定的声音习惯，但不能回应"我们回船上去吧"（réembarquons）——这四个音素的意思是"再次一起登船"——这样复杂的指令。[4] 这种神经语言学的争论催生了众多的哲学作品：人的智力与语言表现究竟是自然进化的结果还是上帝的旨意？今天，人类与非人类之间的界限问题前所未有地引起了世人的关注。如果我们不试图理解自身的动物属性，将面临赋权给机器人的风险。[5]

对种族主义者来说，人与非人之间的界限十分明了："因为我会思考，所以我是人类。那些不会像我一样思考的就不是人类。"塞普尔韦达认为奴役印第安人算不上罪过，就如同纳粹医生认为消灭犹太病毒是一种种族净化行为，胡图族人认为杀害图西族人是一项清洁工作。玛格丽特·尤瑟纳尔（Marguerite Yourcenar）和克洛德·列维-斯特莱斯（Claude Lévi-Strauss）延续了这场辩论，并思考区分人类与其他大部分生物的界限应止于何处。

巴利亚多利德辩论之后，印第安人获得了"拥有灵魂的权利"，因此，剥削者需要寻找其他的廉价劳动力，这就是黑奴历史的开端。在剥削者看来，因为其黑色的皮肤，所以黑人算不上是人类，那么对其进行驱赶、奴役、关押又何罪之有？当19世纪奴隶制被废除时，诸多商人气愤不已，因为廉价劳动力的失去可能会导致糖价上涨。在商人们的算盘上，白糖远比黑人金贵。

或许，我们要关注一些科学发现带来的神奇效应。设想一下，如果一位生物学家说："甲基转移酶的聚合会改变丙酮酸的分解代谢"，这样的发现不会引起任何文化纷争。如果他说：

"母体压力会影响她体内胎儿的 DNA 并改变其基因表达"[6]，这样一句被批判、指正和改进了无数次的表述会引发一系列哲学争议（"拉马克的理论有无道理？"）、教育学思考（"一个刚刚来到人世的新生儿就已经背上了其母亲的不幸"）、女性主义者的不满（"为什么仍在怪罪女性"）或社会政治见解（"既然母体压力会改变胎儿的基因表达，那么社会就应对减轻女性压力负起责任"）。

DNA 是遗传基因信息的载体，它除了是一个生物学词汇，还被当作喻体广泛地应用在其他地方。每当看到这样的广告——"我们的保险将日日夜夜为您的驾驶保驾护航。这是刻在我们基因当中的属性"，我不禁想问保险公司，他们如何看待给他们带来极大信心的脱氧核糖核酸（DNA）的生理学功能？我还曾在会议中听到过这样的话："我只能这么做，这是我的基因决定的。"表面上这是在表述对生物学定律的屈服，实则是彻头彻尾的曲解，因为表观遗传学研究显示，在环境改变的情况下，遗传信息的改变是可逆的。"这是基因决定的，因此世世代代都无法改变。"这样的谬论却成了各类文化信奉的圭臬，似乎一项科学研究就会让人觉得这就是真相。

"犯罪基因"研究让无数人相信犯罪是由基因决定的，因此带有犯罪基因的人以身试法在所难免[7]，这种情况下，社会与家庭都无法介入。规避危险人物的手段也就十分明晰了，那就是将他们监禁起来。

数年来，一些科学家积极地参与文化辩论，希望扭转类似的谬论。过去，接受记者采访或应邀参加电视节目并不被大众接受。到了今天，由于许多哲学家和社会学家都提出任何一项科学发现都可能改变人类的集体想象，情况便与过去大不相同了。在媒体上进行文化辩论已经成了一种特色，甚至会有专门人员组织科学家、哲学家和专业记者一同参与讨论，并向政府作报告。[8]

人文科学领域的研究者往往对认知科学心存怀疑，称其为"垃圾神经学"。其实被质疑的不是科学本身，而是它的话语效应，即学术发表对意识形态潜移默化的影响。当医学在 19 世纪取得了巨大成功之时，它是如此让人信服，甚至到了可以用它来解释一切的地步。梅毒性脑膜炎、结核性脑膜炎、尿毒症性疯癫、阿尔卑斯呆小症都是由微生物或病毒引起的神经性疾病。青霉素在数周内就可以治愈梅毒；雷米封在数月内就可以治愈结核性脑膜炎；肾透析会清除血液中有害的尿素，从而治愈精神障碍；在食盐中加碘会平衡甲状腺激素的代谢，进而消灭呆小症。[9] 医学的进步会治好引起谵妄、幻觉及行为障碍的大脑功能衰退，这为"疯症"的器官诱因研究正了名，但是，医学还无法证实成绩差归因于代谢、犯罪取决于遗传基因。局部事实被人们过度地进行系统化推论。这种情况下，我们需要不一样的声音和研究角度来揭示其他的决定性因素或揭露这些科学发现的"神奇"效应。

第二十四章
科学论述潜移默化的力量

染色体和基因的发现使人们觉得遗传决定论是必然的。李森科（Lyssenko）则一直对这两大发现持敌视态度。1953年，我参加了布加勒斯特（Bucarest）医学院举办的世界青年节，看到了这样的标语："染色体根本不存在，它只是一个为资本辩护的幌子。"爱弥尔·左拉在《卢贡-马卡尔家族》中阐述了遗传退化理论。根据这一理论，智力缺陷或行为障碍是由于上一代的大脑质量低下造成的。纳粹分子当然也信奉这一理论，甚至变成了一种狂热，并犯下了滔天罪行。1925年，《我的奋斗》（*Mein Kampf*）初版面世，当时这部长篇累牍的作品并没有引起重视："人们取笑这些'悲怆的疯言疯语'，视作者为'暴虐的小丑'。"[1] 但是到了1932年，纳粹党以37.3％的支持率赢得了大选，于是，民众迫于压力纷纷买书，其销量进而达到了一千两百万册。书被放到了餐厅的显眼位置，人们三三两两结成小组，在"讨论之夜"探讨书中片段。我们推测，这本书虽然多次再版，但或许并未被广泛阅读，因为只要有了书评，对内容知之甚少的读者也能参与到大众的讨论中去。所有专制政治都借助这种精炼内容的手段进行思想传播。极权主义的语言就是由书写精挑细选的确凿之言和诵读烂熟于心的不二指针所构成的。想要通过阅读进行思考的人与想要通过阅读找到队伍的人从此分道扬镳。

尼采的妹妹伊丽莎白·福斯特（Elisabeth Förster）在将其兄长引向纳粹思想的道路上起了巨大的作用。她的丈夫是个臭名昭著的反犹太者，夫妇二人在巴拉圭建立了一个"金发人"的殖民地，以显示雅利安人的优越和高等。这个团体与世隔绝，与当地文化没有任何交流，维持了不到两代人就开始走向衰亡，与当初福斯特夫人的愿景相去甚远。若要维持生存和创造能力，人类群体就必须进化。种族"纯洁"会导致身体退化，文化隔离会扼杀精神活动。尼采不是反犹太者，但他对所有宗教的一贯敌视使他对犹太教也多有批判。而他的妹妹伊丽莎白———一个种族主义者和反犹太者，正是利用了这些信息使这位哲学家轻下断言："犹太人是战争的源头。"[2]

纳粹分子以类似的方法解读达尔文的著作。自然选择的理论很合他们的心思，这为他们消灭"不纯"人种（犹太人、茨冈人和斯拉夫人）、"净化"社会的行为提供了依据，同时也为清除患有身体或精神疾病之人（在纳粹看来这些生命毫无价值）找到了科学和道德根据。为此，应该肃清"污染人类"的劣等民族，选择最强的力量创造超级人种。事实上，达尔文的进化理论是从育种者和饲养者的人工选择行为中得到了启发："在不断的'生存斗争'中，被青睐的个体或族群的延续构成了一种有力且持久的选择方式。"[3] 他还说："至于我们，文明的人类，一直在竭力阻碍淘汰的进程。我们为痴呆者、残疾人和病人修建医院……文明社会中的孱弱群体可以不断再生。"[4] 对达尔文作品的解读滋养了纳粹主义。在 19 世纪和 20 世纪，整个西方工业社会（不仅是纳粹分子）需要这样的理论来为自己的社会结构形式正名。工业爆炸式发展时期，社会劳动强度之大令人乍舌。顶着 45 度的高温，矿工们一周 6 天，每天要连续工作 15 个小时。他们在造价低廉的狭窄坑道里匍匐前行，动作幅度不能太大。将近一半的矿工死于矽肺病。今天仍是同样的光景，当一个社会借助工业得以发展，不计其数的工人就要以生命为代价进行劳动。

当一个社会用军队来保护自己，暴力便提高了身价。紧锣密鼓声中，更英勇、更尚武的男人冲锋陷阵，战死沙场。[5] 当生存环境需要暴力来制造某个社会问题时，信念（doxa），即无须判断就被广为接受的一系列观点，就会以话语形式为这种暴力辩护："自由使捍卫它的人为它而战，这样英勇的故事着实不同凡响。"[6] 如果换成亚历克西·卡雷尔（Alexis Carrel），他或许会这样说：血统的纯正性使捍卫它的人为它而战，这样暴力的故事着实不同凡响。这位杰出的外科医生因其对血管和器官移植的研究，于 1912 年获得诺贝尔生理学或医学奖。而他在发明细胞培育及伤口抗菌术方面的成就也足以使他再次获此殊荣。这位虔诚的医生在卢尔德（Lourdes）朝圣的时候见证了一名伤患奇迹般的康复过程，因而对上帝的存在深信不疑。他结识了多里奥，还凭借他和贝当元帅的交情获得了一笔可观的钱财，创建了研究中心，战后众多著名的科学家都曾在此效力。这位大人物信奉"二战"前风靡一时的退化理论："今天的人类已跟不上文明的步伐……因为人类一直在退化……精神疾病变得尤为凶险……不仅使罪犯人数与日俱增，还会让白种人日渐腐化。"[7] 或者 "（精神）不正常的人阻碍了正常人的进步……配备毒气装置的安乐死机构会以人道且经济的方式对他们进行妥善的处理。"[8] 这一理论一被纳粹利用，寥寥数年内就导致了二十五万名精神病人丧生，其中有七万人是被毒气毒死的。打着净化人种，保障经济、道德及后代良好发展的旗号，惨无人道的屠杀计划就此生成了。[9]

亚历克西·卡雷尔观察到了不争的社会事实，他用当时占主导地位的观念，即人种退化理论，对其加以解释。这位"伟大"的外科医生不会认为暴力是无序社会才有的价值取向。人们容忍甚至崇拜暴力分子、军人、好斗者和果敢之人，因为他们才能为混乱的环境重建秩序。在这样的社会背景下，一个性情温和的人会被认为是胆小懦弱，他会备受歧视，进而遭到排斥。

每一次战争过后，都会出现讴歌英雄人物的文学作品，这些勇士的暴力行径让人赞赏。甚至连流氓地痞也能成为犯罪小说或警匪片的主角。当社会重返和平，暴力就成了破坏因素，只能在艺术作品中继续留存。要想获得暴力的快感，只要阅读书籍或观看电影即可，无须承担风险。

近年来，有一部漫画生动地呈现了女性暴力，展示了身材健美、肩宽腿长的女性大战龙族的场景[10]，她们身上所体现的暴力美学可与拿破仑时期的法国轻骑兵相媲美。或许，男女平等可以通过暴力权来获得？如今，拳击或其他竞技格斗的赛场上已不乏女性的身影，正如这类漫画中出现的女战士一般。

19世纪，资本主义和基督教仍占主导地位，商人和企业经营者为社会增砖添瓦、注入活力。就是在这样的背景下，巴尔扎克开启了他的文学创作之路，让自己成了这一时期的描写者。他用来观察社会的显微镜，就是他的笔、他的作品。他深入了解朱安党人以及旺代地区忠于国王的农民的生活，创作了一部聚焦时代的"真实的小说"。小说可以讲述与现实相悖的事物吗？虚构可以罔顾现实吗？档案查询、实地走访、搜集证据及学术发表都是构成现实的枝叶。基于这些不同的素材，作者构筑起了千百个不同的房间，任由读者自行进入并随心解读，在这样的虚构作品里，一切都是真实的。

科技进步引领了19世纪西方工业的大发展，与此同时，社会也开始遵循新的价值观进行构建：个人的成就，企业的成功，以支配和牺牲为要义的英雄气概。在这样的背景下，巴尔扎克变身为自然主义者，他发现自然界中存在着参与进化的变异，还认为大革命使法国从等级社会（教士、贵族和第三等级）转变成阶级社会（贵族阶级、资产阶级和无产阶级）。他看待世界的方式承袭了动物行为学奠基人之一若弗鲁瓦·圣-伊莱尔（Geoffroy Saint-Hilaire），后者认为只有在动物生存的自然环境中对动物进行观察，才能真正理解它们的行为[11]，这跟研究关在笼子里或实验室里的动物完全不是一回事。虽然两种方法所做的记录都是真实的，但还是有很大的不同。

认为自己所属的人种"至高无上"必然会导致种族主义行为。亚历克西·卡雷尔也不例外，他甚至用他过人的才识对此观点做了线性推理。他认为，构成染色体的基因是"微小的物质团块……储存着个人和人类的未来"[12]。"何蒙库鲁兹"（Homonculus）这一概念正是对这种发展观的诠释。在科学史上，"何蒙库鲁兹"这个词指的是"炼金术士试图制造的具有人形的小生物（1611）"[13]：一部分物质聚合生成小人，而后慢慢长大，最终成为一个真正的人。16世纪的医生及炼金术士帕拉塞尔苏斯（Paracelse）从这种造人术中获取灵感，试图通过发酵人的精液来制造"何蒙库鲁兹"。1590年，荷兰人列文虎克发明了一种光学仪器（显微镜），让人得以观察到微小的有机体（微生物）。

第一个被观察到的细胞是一枚精子，它可以和卵子结合，发育为人。18世纪的博物学家布封（Buffon）认为可以在精子或卵子中看到"小人"的存在。

这一系列的观察不难让我们想到，一个科学事实一经发现，就会被纳入理论，以叙述的形式呈现出来。一个细胞生长即可使一个物体初具人形，这样的线性推理直到今天依然存在。一种基因决定一种行为或一个基因项目不顾外部环境擅自开展，诸如此类的论断或消息屡见不鲜。对这种线性推理发起挑战的遗传学家们都无功而返，因为它已进入主流文化："有其父必有其子""完全没必要为黑人学生设置奖学金，因为从遗传基因角度来看，他们根本没有学习能力。"我们发现在高等教育体系中，黑人学生确实比白人学生要少，面对这一现象，线性因果关系是如此推断的：根据遗传学的观点，他们的智力有先天缺陷。然而，我们应该知道，其他教育和社会压力更是导致这一负面现象的直接原因。

第二十五章
科学和集体想象

科学出版物尽管很少被阅读，但它们仍会改变集体想象。每天都会有数以千计的学术文章发表，想要逐一阅读显然是天方夜谭，科学家们只关注与自己领域相关的研究，普通人则会选取自己感兴趣的进行阅读。然而"一纸文章"往往能对文化产生影响，有时是因为作者的威望，更多的则是因为该项科学发现正迎合了当时的时代需求。不管哪种情况，文章传达的观点都是通过讨论和辩论得以传播并进入文化体系的。从这个角度来看，哲学家、艺术家、作家，甚至是你跟朋友之间的争论，其功能都是为了促进对新观点的理解和吸收。

一篇学术文章的作者，其思考方式会不同于纪实作家或侦探小说作家的吗？约翰·勒卡雷（John le Carré）说他从不说谎，他写小说和纪实作品使用的是同一种方式：首先进行实地考察，观察描写对象，关注触动其个人生活的事件，将这一切都记录在稿纸上；然后整理笔记，使之成为一部小说或一篇纪实文章。同小说家一样，科学家也会在他的个人生活中找到他想要研究的主题或对象："我十二岁那年，父亲患上了失语症。从此我会特别关注那些无法用语言进行交流的人。我在一篇论述语言学的文章中提出了假设，之后又在此基础上写了一部小说……"无论是写小说还是纪实作品，搜集资料的方法是一致的，不同的仅仅是对资料的解读方式、写作的风格及叙述的手法。

科学研究的过程首先是提出假设（如果是这样的话……？），然后采取现实中可操作的实验手段进行验证。小说家在创作之前也要先提出假设，然后铺设一个"现实舞台"（采访当事人和目击者）。在正式"上演"之前，作家和科学家已经构想好了"作品"的走向。

任何一个真相或事实都是从虚构开始的："如果我去了贝鲁特的乐克摩克酒店会怎样？我很可能遇上参加过战争的年轻人[1]……"科学家同样也会做出预测："如果给小猫喂食抗抑郁剂，会不会改变它们的情感系统？"任何一个假设最初都只是想象，任何一种方法都是现实中的实验：从这个意义上来看，没有比虚构更真实的了。

进入文化体系的文学作品大多符合社会环境的需求，还能吸引到最卓越的解读者。比如，《大鼻子情圣》就吸引了雅克·沙龙（Jacques Charon）、乔治·德克里埃（Georges Descrières）、让·皮亚（Jean Piat）、雅克·韦伯（Jacques Weber）和德帕迪约：这些人都是为了那个著名的大鼻子和动人的台词而齐聚一堂的。

　　若要影响文化，学术出版物需要符合当时的社会期待，并且要吸引到一批优秀的哲学家、艺术家和作家围绕它展开探讨。我们为什么把那些向大众介绍某个科学发现并竭力探究各种可能性的记者、评论作者或科学工作者称为"普及者"呢？我们不会说德帕迪约或韦伯普及了《大鼻子情圣》，而是说他们演绎了这部作品，他们通过向观众传达作者的想象而使这部作品变得有血有肉。每个演员都有自己的表演风格，各有千秋。我们不会说某位音乐家普及了巴赫或莫扎特，而是说他"完美地诠释"了乐曲。当卡拉丝（Callas）出演歌剧《茶花女》时，她不是在普及威尔第，相反，她赋予角色以生命，使作品得到了升华，她的演绎或许和威尔第期待的并不相同。在以自己的方式演唱过去谱写的剧本时，她也参与到了这部让听众沉醉不已的歌剧的创作之中。

　　要想一直有新发现，就需要运用想象，需要改变视角来发现隐藏的事物。多年以前，微生物学家们苦苦寻觅都未能发现梅毒病原体，绍丁（Schaudinn）却一眼就在显微镜里看到了它。当人们问及原因时，他只答道："因为他们是微生物学家，而我是个动物学家。"微生物学家按部就班地观察那些球状的、稳定的微生物，而经验不多的动物学家一眼就惊讶地发现了一种会移动的细长螺旋形物质，即梅毒螺旋体。

或许这就可以解释为什么以康拉德·劳伦兹（Konrad Lorenz）为代表的动物行为学家会在新生儿心理研究领域有如此建树。"劳伦兹意识到他理解周围世界的方法和一般科学方法有所不同[2]⋯⋯"这位医生和哲学家对寒鸦、猫、狗和灰鹅特别感兴趣，他早期写的文章在鸟类杂志上很受欢迎，但真正使他进入大众视野的却是文笔优美的非科学类作品。[3]他对妻子格特尔（Gretl）是这么说的："我写了一本很好看的故事书。"[4]在受邀参加广播或电视节目的时候，他会先说一句："我来献丑了。"这位年轻的研究者就是这样引导大众关注其他生物，并在1973年把动物行为学作为一门科学带入了诺贝尔奖的圣殿。

　　同一时期，勒内·斯皮茨已经是著名的精神分析学家了。但由于他所在的领域缺少试验范例，他便将目光转向了动物科学[5]，从而"壮大精神分析学"。他说："当我诊治病人的时候，我是精神分析学家；当我研究的时候，生物学和动物学帮助我更好地理解临床病例。"他详细地说明了哈洛（Harlow）做的恒河猴实验，但当时还没有使用"动物行为学"这个概念（后来才提出的）。在这一时期，精神分析学、生物学和动物学携手合作，共同发展。身为精神分析学家和临床医生的鲍尔比是依恋理论的奠基者，他从动物学家们的实验中汲取了不少灵感。[6]也是通过动物实验，早期互动在幼儿获得安全感方面的重要作用才得以被揭示，心理复原理论也因此走向成熟。[7]

先在文学界小试牛刀，而后成为科学家的劳伦兹为我们指明了道路。"不管他的观点……是对还是错，毋庸置疑的是，他为其他研究者提供了源源不断的启示。"[8]

当一个社会或文化事件（恐怖袭击、电影或小说）引起了某个人群的关注时，总有一些年轻人会从中发掘出自己的志向。战争如同出产作品的打字机，因为回归和平之际，文学就成了讲述战争的最佳工具。眼下日益猖獗的恐怖袭击则唤醒了人们的思考，启发了科学研究，并催生了一系列书籍，而思考、科学研究和书籍都是为了帮助人们理解暴行的深层次原因，并试图找到合适的措施来掌控混乱的局面。

"二战"后的数年间，精神分析学家和动物行为学家纷纷为重建家园、抚平心理创伤献计献策。20世纪60年代，医学和心理学的快速发展带来了新的问题，亨利·拉博里（Henri Laborit）凭借他写的探讨麻醉的相关文章，尤其是氯丙嗪的发现，踏足科学和文化界。氯丙嗪在当时引起了人们的广泛关注：这种药物真的能治愈精神分裂症吗？或者它只是一种化学抑制剂？得益于其多部书籍的大获成功[9]，这位外科医生在意外发现了一种安定剂之后就加入了精神分析的队列。这种药物掀起了广泛的热情，却也收获了不少的仇恨。相信心理问题完全是由生理状况引起的人与信奉心理疾病只能用精神分析手段进行治疗的人起了冲突。拉博里对这两种极端手段都有所了解，他更倾向于求助行为障碍动物模型，即把生理原因和心理原因结合起来。他的著作获得了阿伦·雷乃（Alain Resnais）的赞赏，后者把它拍成了一部电影——《我的美国舅舅》[10]，这部电影同拉博里发现的氯丙嗪一样，交织了世人无数的爱与恨。大部分观众都明白，电影里经常出现的动物只是实验模型，并没有意指人就是被用来做实验的老鼠。其中有一项实验显示，总是受到隐性压力的老鼠最后会停止反抗，一动不动。拉博里借这个实验指出，若一个人长期处于警戒状态，其机体也会逐渐衰竭。当德帕迪约饰演片中的角色时，没有人会认为他是一只老鼠。动物实验在影片中的介入意在引导观众思考，持续的隐性压力是否也会损毁人体机能。这部电影改变了社会集体想象，主流文化不仅认同了动物也会因痛苦而生病，也认同了动物行为学实验可以证明关于人类痛苦的研究。

拉博里在巴黎的布西科医院（l'hôpital Boucicaut）成立了一个小实验室，还在土伦的军医院担任服务主管。我很喜欢和他打交道。他参加了我们在奥利乌勒（Ollioules）的瓦隆城堡举行的会议，仔细倾听年轻同僚的发言。他对论述支配和顺从的报告尤为感兴趣，认为由临床观察和动物实验构建起来的行为生物学将成为一门有助改善人际关系的神经系统科学。

众多的研究者、病人及艺术家都受到了这一独特观点的激励，成为拉博里的拥护者。年轻人也十分欣赏这种对人际关系的发问方式。我时常受邀去高中讲评《我的美国舅舅》这部电影，我发现很少有高中生会对它产生误解。与此不同的是，成年人总是一有机会就讽刺拉博里看待问题的方式，尽管他行事低调，淡泊名利，也没有想过凭借发现氯丙嗪而问鼎诺贝尔奖。但不管怎样，美国人最终还是把拉斯克医学奖（具有美国的"诺贝尔奖"之美誉）颁给了他。他担任医学教授的法国海军部队也授予他军衔，并以他的名字命名了好几艘军舰。树大招风，对他充满敌意的人认为他的研究源于威尔逊的社会生物学[11]，这个学科大量论述了关于自然选择的问题，因此在法国饱尝冷眼而在美国备受青睐。当拉博里被提名诺贝尔奖时，数名法国科学家奔赴斯德哥尔摩提出异议：他的一切观点都不太科学！

事实上，拉博里是最早践行复杂性思想的人之一。当埃德加·莫兰提出这一认识论转向时[12]，也像拉博里一样，收获了赞赏，却也遭致了攻击。拥趸们认为这种思想"兼收并蓄"。他们说得不无道理，因为复杂性思想确实融合了不同学科的素材，它让那些持发展观点的人感到欣喜，也让思想固化之人感到困惑。

像康拉德·劳伦兹、亨利·拉博里和埃德加·莫兰这样伟大的革新者，通过与大众分享自己的影视及文学作品而对集体想象施加影响，进而改变科学文化。科学研究将现实中存在但未被觉察的现象展现在人们眼前。实验摘掉了现实的面具，使之变得可见。虚构也有异曲同工之妙：小说、故事或电影以夸张的叙述方式向大众揭示了掩藏于混沌现实背后的事件和现象。总而言之，艺术和科学让我们看清了生活。

弗洛伊德让谈话对象躺在椅子上，以一种类实验的方式窥探谈话对象的梦境，留心他的口误以及思维组织过程中突然出现的新想法。现实是不可见的，内心世界也是，但我们可以借助科学实验、精神分析或小说创作等方式进行探究。康拉德·劳伦兹在受到诺贝尔医学奖的青睐之前为孩子们写了不少故事。亨利·拉博里行医时倾向于使用极少量药物来催眠手术患者，从而降低患者的核心温度。通过观察为了降低能耗而进行冬眠的土拨鼠，他提出了一个关于动物行为的假设，从而发现了氯丙嗪。这不仅为他赢得了拉斯克奖的殊荣，也大大改善了精神病院的氛围：躁狂的病人在服用这种药剂后平静下来，就不再对医护人员造成伤害。世人这才发现，这些"狂躁的疯子"也有自己的故事，尽管他们的精神世界破碎而苦痛，但还是能与他人建立起关系。得益于对土拨鼠的观察和实验，拉博里发现了一种能推动精神疗法的物质！如果没有这种跨界的思考和尝试，又怎会有这一番成就和功绩呢？

由此，我们也就不难理解为何埃德加·莫兰会有如此广泛的兴趣：电影、文学、动物行为学和生物学，无不涉猎。[13] 线性的推论方式太过简化，就如同在诉说真实的谎言。譬如，在作证的过程中，证人一直在讲述自己在某时某地的所见所闻，他所言非虚，因为这是他所感知到的真相；而另一位同样诚实的证人，却会给出内容相异但依然真实的证词。相比科学实验而言，电影、小说、精神分析透视或幻想揭示了更多的真相，"因为只要是幻想，无论是被文学所接纳的，还是被政治、社会科学及新闻界所否认的，都是在用语句构筑可知可感的共同世界"[14]。由线性推论导致的真实谎言在新闻界尤其常见。记者们没有说谎，他们只是摄制并播报他们所发掘的那部分真相。摄影机是具有主观性的，它选择记录现实世界的某个片段而放弃了另一个。正是这一小部分的真相滋养了集体叙述，并铭刻在集体成员的个人记忆之中。每个人都会说："我看见了。"各类艺术形式以更开放的姿态向世人呈现精神世界惊人的多样性。通过撰写虚构的故事，激发真实的感情，以及在屏幕上投放画面，艺术唤起了人类更深远的思考。

第二十六章
世事如戏

世界舞台如同一座歌剧院[1]，具备了各大要素：需要逐字逐句背诵的台本，起烘托作用的乐曲，以及舞台背景装饰。巴黎歌剧院、土伦歌剧院和世界各地的其他歌剧院都在告诉我们建筑是如何构造掌权者的历史的。埃及金字塔是石块砌成的传奇，诉说了一个乱伦的家族及其半人半神的后代是怎样将大部分臣民变成奴隶的。整个埃及文化都在呈现死后的故事。贵族阶层统一口径，把"半人半神"改成了"天授神权"，把"奴隶"改成了"农奴"或"公民"，把"死后之旅"改成了"天堂"或是"地狱"。由此便产生了一套表述法老时期社会等级的中世纪用语。如今，"当选者"取代了"贵族血统"，新的庙宇取代了古老的金字塔，演变为普通百姓的高级顾问。

图像也参与了宏大的叙述。油画、三联木版画以及被绘在墙上的基督徒的故事装饰着各大教堂。珠宝、银餐具或锡器都在向我们讲述着富人、教士或无产者的生活。

大卫、格罗和韦尔内笔下的那些宏伟的画像呈现了拿破仑的丰功伟绩，展示了那一时期主人公们的勇气以及他们在泥淖或风雪中牺牲的场景。在史诗般壮阔的背景下，这些人为了帝国存亡而献身。宏大的故事一方面昭示了拿破仑南征北战的传奇冒险以及他在欧洲科技、文化和行政等方面的革新，另一方面掩盖了法国军队在埃及和西班牙的失利，隐去了拿破仑在别列津纳河的冰天雪地中抛弃将士独自逃离的惨状，也只字未提领土的丧失、工业的停滞、城市的颓败及不计其数的伤亡。

其他艺术家则各自描绘了其他社会现实。巴尔扎克在《幻灭》(*Illusions perdues*) 中借主人公吕西安之口讲述了资本主义的萌芽，狄更斯在《雾都孤儿》(*Oliver Twist*) 里揭露了英国工厂对童工的剥削，福楼拜在《包法利夫人》里描写了受到束缚的妇女的绝望。今天，文学和电影更愿意将受伤的人在战胜苦难之后成长为文化明星的戏码搬上舞台。今天，他们被授予了胜利的勋章，而在以前，他们却被怜悯所湮没。

没有什么是不变的。当我们学会叙述后，一切都可以被改写。当话语权只掌控在一人（或一个群体）手中并排斥其他声音或叙述的时候，危险就会降临。1930 年纳粹独揽大权之际，维克多·克莱普勒（Victor Klemperer）自认为是德国新教徒。渐渐地，反犹法令使他发现，在别人眼中，他其实是犹太人，因为他的父亲是犹太教教士。一项法令接着一项法令，他被社会厌弃，被禁止进入图书馆，被禁止拥有电话，只能在下午 15 点至 16 点之间购物，不能买车，不能买烟，不能买花，不能买蛋和蔬菜，不能养宠物，不能……不能……[2] 这些禁令从何而来？显然不是喜欢宏观掌控而不过问具体事物的希特勒。为了执行如此庞大的社会计划，纳粹决策者将权力下派给无数潜在的小独裁官，他可能是办公室的某个员工、某位低级官员、某个门房，甚至可能是别有用心的邻居。粉碎机器无须明文规定就能运转：征用车辆，禁止购买禽蛋，这还算不上什么，只要不进行攻击就已是不幸中的万幸。

1945 年，纳粹倒台，疯狂的种族净化浪潮、被"奸诈"的犹太人挑起的雅利安人的愤怒、激烈的示威游行、壮观的行军队伍以及被鼓吹的士兵的英雄气概，都在那一刻消失殆尽。"和平归来，普通的德国民众仿佛带着宽慰和无声的不解挣脱了纳粹掌权的岁月。德意志第三帝国几乎快被遗忘了，似乎所有人都'自始至终'反对它的独裁专制。"[3]

法国解放时期，当时还是年轻医生的让·贝尔纳（Jean Bernard）被指派审查维希政府创办的医生秩序委员会的材料。他发现了数千封同僚上交的揭发信，目的是将自己的导师或上级送进集中营，从而为自己的职业生涯扫清障碍。负责犹太事务的警察总局收到了一万多封告密信。那么，是谁发布了鼓励检举的命令？没有人！"没有一个行政机关是专门为了号召告密而设立的……然而，在纳粹德国，整个集权体系都在为告密提供便利。"⁴在周围的故事、电影、书籍、报纸、广播节目，尤其是在告密者聚众密谈的街角咖啡馆的影响下，数百万隐形的独裁官付诸行动："我通过了驾照考试：考官居然是个犹太人……那个叫布吕芒塔尔的犹太人居然让他的孩子在禁止犹太人入内的广场上玩耍……"这些市井里的告密者俨然装出一副捍卫道德的姿态。

奇怪的是，大部分法国民众没有做出告密的行为，甚至包括贝当派分子！德龙省迪耶于莱菲镇的镇长就属于贝当派，他是大多数镇民选举上任的。比利时的犹太人在遭到驱逐后来到了这个美丽的村镇，镇长还在家中收留了好几名犹太儿童。善良的当地人为了安抚避难者，开玩笑地说镇上有个"迪耶于莱菲大学"，每个晚上，犹太人都可以举办音乐会，表演戏剧，讨论文化。没有一个告密者！这该怎么解释？

在德国、波兰和欧洲大多数国家，几乎所有人都会出于"责任感"而揭发犹太人，甚至不由分说地就让他们横尸街头。波兰的贵族和5600多名正义之士极力反对种族迫害，他们冒着极大风险拒不揭发犹太人，让自己免于被卷入告密的恶行当中。这又该怎么解释呢？在德国，电影、小说、诗歌及教育都掌控在极少数人手中，用一副优雅的姿态冷嘲热讽。法国的很多作家和演员还没来得及判断就任其裹挟。不过，当我们崇尚质疑、讨论和求证时，就不会再轻易地被煽动性的言论和集权的论调所掳获。

第二十七章
科学家和小说家

科学文献是否也遵循同一套推论方式呢？科学也是以叙述的形式参与到文化之中的，这些叙述构建了集体信仰。科学家们知道，一个科学真理的生命不会太长，但他们低估了真理的启示效应。当一项发现改变了集体想象时，它会激发幻想，推动群体精神结构的演变。开普勒发现了行星的运动轨迹，并制作了第一台天文望远镜，这些都触发了大众对于外星生物的一系列幻想，其中，西拉诺·德·贝热拉克（Cyrano de Bergerac）就是一个热衷于探访月球的著名访客。望远镜的发明还激起了关于生物时空的激烈的哲学辩论。

新世界动物群和植物群的发现带来了全新的自然图景。独角兽消失了，取而代之的是其他启发想象的异域动物，比如羊驼、猞猁和美洲豹，它们填补了数千位探险者的想象空间。当《旅行日志》（*Journal des Voyages*）周刊介绍喜马拉雅山时，人们从中看到了神秘的足迹，认为那一定是雪人的脚印；染色体的图像让那些论述犯罪基因的精神病专家产生了警觉；精神分析理论进入美国后为希区柯克的影片《爱德华大夫》（*Spellbound*，1945）提供了悬疑的灵感；脑电图技术启发了斯坦利·库布里克，他的影片《发条橙》（*A Clockwork Orange*，1971）就展现了电波对大脑的可怕影响。

科学叙述让人发现了未知、惊人、充满诗意和想象的现实世界。浪漫的幻想与科学的假想并不相悖，因为不管是哪种想象，假设总能激发创造力。一个科学发现被公之于世之后，它的启示效应会引发新的探索，催生不计其数的电影和小说创作。做法都大同小异：小说家收集真实资料，用于编撰虚构的故事；科学家将假想付诸实验，以期得到某个结果。试想那些如"黑客"一般的内分泌腺干扰因素，如塑料、化妆品、喷雾、清漆和电子设备，会改变甲状腺素的合成，这会造成什么影响呢？[1] 降低智商？延缓发育？因神经元发育缓慢而变得易受影响？再试想，一位伤者一动不动地坐在扶手椅里看着窗外解闷，他会看到些什么呢？日常的风景？隐私的一幕？还是一起谋杀事件？[2]

小说家的创作天赋与科学家的探索天赋也并不相悖。写小说和做研究都必须对现实进行加工，或通过显微镜，或通过窗户，进而获得全新的视角：观察并思考世界就像去剧院欣赏歌剧。

书写的历史能让我们理解笔下的文字是如何改变我们对世界的看法并影响我们的社会关系的。距今六千年以前，在一个名叫苏美尔（今埃及或伊拉克）的地区，书吏们想到了把修剪过的芦苇做成"笔"的形状，再在柔软的黏土块上刻一些抽象符号或交易约定，标明购买的物品或牲畜。黏土块晒干之后，就成了一份商业契约[3]，今天我们称之为"合同"。文字在诞生之初就有数字（三匹马换一头骆驼）和签名（我，牧羊人，在这块泥板上盖了印章）的存在。这样的契约立即引起了人们的思考："既然数字和符号可以作用在货物和社会现象上，那它们一定具有神奇的效力。"在古巴比伦医学典籍和汉谟拉比法典（距今约四千年）中，我们可以看到对预言的诠释和治疗毒蝎蜇咬的药方。口头的言语是一种交互行为，书面的文字则给人一种实实在在的物质感，它像一种强大的力量，可以治愈身体创伤，也可以构建社会关系。正是出于这个原因，相比口头承诺，人们才更相信落笔为证……

对"自我"的书写直到很久之后才出现。塞普蒂米乌斯·塞维鲁（Septime Sévère，约公元 3 世纪）的自传，特别是圣奥古斯丁（公元 4 世纪）的《忏悔录》标志着书写者开始探究自己的内心。第一次尼西亚公会议（公元 325 年）上，基督教教义初现端倪，忏悔起到了赎罪的作用。赎罪又成为重新在社会上立足的手段。书面的忏悔录构成了对内心世界最初的叙述。

中世纪末期，"人们习惯了记录并罗列自己的行为和计划。在这些账目式的记录中，夹杂有亚里士多德和圣托马斯的格言，还有对私生活的忏悔，对肉体、感知以及事物认知的描述"[4]。
12 世纪，阿贝拉尔创作了《劫余录》，他认为自己处于社会压力的中心。圣奥古斯丁的《忏悔录》透露了更多关于爱情和灵性的讯息。彼特拉克在阅读圣奥古斯丁的作品时被深深地触动，于是决定改宗；当他邂逅了年轻的劳拉时，便被她"美丽的双眼牵引着"坠入了爱河，他通过带有数字 6 和 7 的演算来抒发他的神奇感受，如同卡巴拉生命之树一样！但丁和薄伽丘这样评论圣奥古斯丁："回忆重现的不是已逝的现实本身，而是诠释昔日现实的文字。"[5] 今天，我们在有关神经学的研究著作中也能发现类似的表述！[6] 对灵魂的掌控远在个人能力之外；天主教教义构建了内心世界。[7]

对但丁来说，书写内心世界可以"重新组织由无数的生活瞬间所塑造的混乱自我，是对自我的分析，其目的是使自我达到一致"[8]。16 世纪涌现了大量的回忆录，似乎贵族和社会精英都渴望为大大小小的宗教战争作证，为奥地利安妮的摄政作证，为投石党运动和路易十四燃起的战火硝烟作证。这些回忆录中的"我"并不是一个私密的个体，而是想要向大众讲述自己曾亲历的社会事件的见证者。

18 世纪小说的兴起为大众提供了新的参照，其主人公大多是离经叛道之人。鲁滨逊·克鲁索被赶出了人类社会，于是不得不在荒岛上重建自己的社会：洞穴，工具，饲养动物，武器，与

"星期五"之间的主仆关系。这部书信体小说给人一种真实的幻觉。在这一时期，小说往往与堕落联系在一起，比如，在《危险的关系》(Les liaisons dangereuses) 中，肖代洛·德·拉克洛 (Choderlos de Laclos) 讲述了主人公们"华丽"的爱情游戏，旨在揭穿这些性欲倒错之人的真实面目。在那个时代，看小说还不是一件受欢迎的事情，就像后来演员的身份或阅读连环画册会让人感到羞耻一样。

让-雅克·卢梭认为自传是通往真实性的内心审视："这是世间仅有的个人肖像，我要把一个人的真实面目全部展现在世人面前。"[9] 他说"我是可鄙的，卑劣的"，然而，承认自己懦弱起不到任何救赎的作用。他坦言他趴在朗贝尔西小姐腿上挨揍时第一次体验到了性快感，这样的招认所体现出的真实性更多的在于受虐的快感而非赎罪的快感。

到了 19 世纪，文学作品开始关注内心世界，个人成长故事变成了社会冒险传奇：一个与社会格格不入的孩子最后找到了自己的位置；一个外省人克服重重困难终于在巴黎站稳脚跟。这些小说中的"我"见证了现代社会的价值观已经从获得集体的认可转向了获得个人的成功。

极权社会中，所有思想都必须一致，人们要秉承同样的世界观并奉行同一套行为方式。任何一点个人表达都会被打上制造分裂的标签。在某些国家，民众每半年就要写一份"自传"交到……警察局！[10] 在这种情境之下，"自传"一词不再是一场或叛逆、或温情、或治愈的精神之旅，而是一份记录每日安排的流水账，便于监察专员监控民众的思想和行为。极权文化里，每个人的精神世界都应是透明的，流水账式的自白有助于灵魂的同化。

因此，在不同的社会背景下，"自传"有不同的含义，它可以是精神的冒险，反抗的宣言，直言不讳的真相，旧账的清算，义正辞严的辩护，破碎自我的修复，或是对权威的屈服。

要写作就要进行阅读，而阅读同写作一样，也会随着社会背景的变化而变化：我们最先学会阅读的是法律文本，最早的文书就是刻在泥板上的商业契约。后来，婚姻契约要被当众宣读。从16世纪开始，阅读都是在家庭中进行的，最大的孩子一字一句地大声朗读，以便所有成员都能听得清楚。19世纪，不识字的工人聚集在咖啡馆里听人读书。20世纪，学生们在小小的教室里低声阅读，以免打扰他人。到了20世纪末，阅读已成为一种内化能力，我们学会了默读。通过阅读，每个人都沉浸在自己的世界，为内心构筑了一座城堡，将他人驱逐在外。在工业时代初期，读书声把整个家庭聚集在一起；一个世纪之后，默读打开了旁人无法进入的与自我内心交流的通道。

战争期间，自传是一种对军事的干预，作者通过叙述战争的残酷来为己方的军事防卫正名。在这种社会环境下，大多数小说要讲述的是其主人公——士兵——的悲剧，战争中犯下的暴行成了丰功伟绩。战火一旦平息，就会有大量文学作品纷纷涌现出来为战争辩护。而在战局之外的作者则试图客观地写作，以局外人的眼光更公正地看待整个事件。[11]

今天，占据传记类排行榜榜首的往往是影视明星，国家政要则凭借其昙花一现的畅销书紧随其后。不过，人们仍然偏爱那些难望其项背的标杆人物，如拿破仑、戴高乐将军，还有不少卓越的女性也在这一行列，如玛丽·居里和西蒙娜·薇依。作为时代的标志，我们还可以看到一些关于小人物的自传，如企业家、警察或运动员，他们的光辉瞬间足以吸引读者的眼球。

我们的社会正在经历两极分化，一方是通过阅读来发现世界的人，另一方是因从不阅读而被囿于当下的人。阅读或不阅读是两种截然不同的生存方式：文学开启了我们的探索与幻想，在去往理想国的路上尽管偶有风险，却仍倍感快乐；不阅读的人只满足于眼下的安逸而放弃了追寻生命的意义。

当内心世界因失去而被撕裂，或因缺少而不再完满，写作的需求就会愈发强烈。围绕创伤进行写作不是为了记录创伤本身，原因很简单：健康的记忆是活动性的，能孕育不同的故事；而受过创伤的记忆是固化的，只能重复地咀嚼过往的伤痛。健康的记忆会根据大脑的发育程度和个人经历而变化：幼儿、小学生、青少年、成人或老人，处在不同的年龄阶段会对同一个过去作出不一样的描述。

第二十八章
用言语表述眼中的世界

　　婴儿的记忆属于感觉记忆，是从学会说话之前的早期经验中获得的。首先是通过压力荷尔蒙、嗅觉和触觉传递的生物记忆，婴儿很早就获得了对母亲声音纹理的记忆，然后是对母亲容貌的记忆。对世界最初的认识是经由感官得来的。当孩子发现，一个复杂的图像因其已被录入记忆而变得熟悉时，就会作出欢蹦乱跳、目不转睛或低声叫喊的回应。[1] 到了这一阶段，婴儿习得了一种指示对象的个人方式：他会一直盯着那个给他带去安全感并刻在他记忆里的熟悉对象。但是，如果婴儿被冷落或被刺激，挥之不去的不安全感就会让他呆滞、退缩或哭泣。

　　等到孩子学会说话，就能用语言描述这种已有的感觉："学校里有个爱欺负人的坏家伙"或与之相反的"跟我来，我的朋友"。他的话语说明了自己对该对象持有的情感色彩，即在他记忆里留下的印象。学会说话之前形成的对世界的看法到了学龄期及青春期会表现得尤为明显。年幼的孩子开始尝试写一些诗或小说，用文字的形式描绘内心的世界，这也是对自己"无意识动机行为的有意识辩解"[2]。在日常生活中，我们会体验到一种莫名的感觉，做出一些原因不明的行为，一旦我们为这些行为找到了合理的解释，又会觉得一切再正常不过。我们为我们的这种感觉找到的合理解释或许与真正的、被忽视的动机无关。理智化是理性的面具，掌控着源自我们无意识记忆深处的感情。信念（doxa）是一切合理化的集合，它为现象披上了合乎逻辑的外衣，从而阻止人们对其进行理解！疾病在一开始的时候往往表现为异常的疲乏，而人们总会为它找到一个理由："昨晚的饭菜不好消化"或"肯定是臭氧浓度太高"，实际上，疲乏的原因可能是患上了糖尿病或其他隐性疾病。不管怎样，总要为现象找到一个理由。

对世界形成某种判断后，孩子会对记忆存储的内容作出与他的判断相一致的回应，并会改变对环境的感知。他的早期互动为他建立了一套感官过滤系统，一种观察世界的方式。行为习惯和解释性信念在他的精神世界中为他描绘了符合他行为特征的指南。[3] 由此，不同的内在行为模式让每个人形成了不同的关系模式以及对世界不同的诠释与过滤。

1945 年，幸存下来的集中营战俘和囚犯得以重返家园，这使许多家庭的结构发生了改变，也引发了人们截然不同的态度。一些孩子欢天喜地："别人都死了，而我的爸爸活了下来。所以他应该是个强者，是我的英雄。"[4] 一些孩子心存狐疑："我的爸爸能活着回来，是不是因为他出卖了别人……"甚至还有孩子将父亲的归来视作极大的侵犯："我和妈妈在一起生活幸福极了……爸爸一回来，家就成了地狱。"在真实的集中营里，这些父亲到底是英雄、叛徒还是魔鬼，孩子不会知道。他只知道自己感觉到的：英雄、叛徒或魔鬼。而让孩子产生这些不同感觉的，正是孩子在父亲回来前构建的心理结构。

如果孩子曾经历严重事故，或曾患上某种疾病，或曾被送进收容所，他会产生不安全感。对他而言，在这个充满敌意的世界，母亲是唯一的安全基地，因而他会愈发依恋母亲。因此，战后归来的父亲在孩子眼中就会成为破坏这种完美依恋关系的恶魔。

如果孩子无依无靠，没有安全基地，他会产生一种冷漠的警惕感。对他来说，任何新讯息都会引发忧虑："这个自称是我父亲的人来我家干什么？"这种不信任感很容易会让孩子想到"叛徒"这个字眼。[5]

如果孩子在战时仍能受到母亲的悉心保护，并且可以找到一个替代父亲的人，比如叔叔、朋友、兄长或另一位女性，那么，父亲的归来对他来说或许会是一个节日、一场冒险或一起意外且让人兴奋的事件：多么开心与英雄重逢！根据孩子在早期形成的心理结构的不同，归来的父亲会被他看作英雄、叛徒或恶魔等不同角色。

我们赋予事物意义，但我们不是这些意义的主人。不过，我们可以对影响我们的外部环境施加影响，培养赋予事物意义的感觉。自我叙事，即用语言的形式来描述自己感知世界的方式，取决于它与周围叙事、家庭叙事、文化叙事的关联程度。[6] 个体不断地成长，个人经历总是改变着他看待事物的方式。家庭结构随着成员的生老病死而不停地变化，社会文化一直在探讨不同的问题，科学正在持续地推动新的文化进步，您当然也会认为人不可能不改变，不可能以相同的方式描述自己的过去。但我要说："重要的是……把悲剧转化为胜利，抓住时机，成就自我。"[7]

思考创伤和回忆创伤是截然不同的。思考创伤是一项智力和情感活动，帮助我们转变对不幸的描述，从而走上全新的成长道路（即心理复原的过程）。回忆创伤则是不停地在脑海中回放不幸的画面，不断地加深创伤记忆，阻止一切新的变化，任凭自己囿于过去，这就是心理创伤综合征的定义。

热内在七个月的时候就被抛弃；托尔斯泰出生后尽管得到了母亲的宠爱，却在一岁半的时候突然失去了母亲；路易·阿尔都塞（Louis Althusser）在精神错乱的状态下生生勒死了妻子，只在自己的记忆里留下一团迷雾。如果我们经历过这些，还有可能若无其事吗？我们该怎么理解他们心中的缺失呢？

第二十九章
以写作求生存

"1980 年 11 月，在一次无法预料的精神错乱剧烈发作的过程中，我勒死了我的妻子……她是那么爱我，甚至甘愿为我而死。"[1]

1985 年 3 月，已在精神病院待了三年的著名哲学家路易·阿尔都塞最终被判定"不予起诉"。神志不清、精神错乱造成了他的不幸，也造成了他三年的沉默。我是疯人院众多失踪者中的一个，"不予起诉"；什么事都没有发生，我勒死了我的妻子，"不予起诉"；我可以回家了，没有人会指责我，"不予起诉"。

路易·阿尔都塞的一生都在思考，突然间，他什么也思考不了！只留下迷惑、沉默和消失。为了重生，他必须去想象不可想象的情况，用想象填补不幸带来的巨大空洞。普里莫·莱维在同样难以想象的情境中，提出了"一种神奇的必然性"[2]。如何在空白中生存、决策和前行？身处空白，一切都毫无意义：这里或那里，站立或躺下，死亡或存活，有何区别？生活不再有意义不就失去了方向吗？但只要还有一丝希望之光，这位哲学家就会出于"一种神秘的必然性"而去表达。当然，这种表达不是开口言说，难道他能对别人说"我应该告诉你，我勒死了我的妻子。我要对你说说这件事，这样我才能明白自己为什么会这么做"？这种情况下，书写就成了回应这种"神秘的必然性"的合适手段："我会在我的过去里寻找破碎了的自我的碎片。因为不存在可见的对话者，思想的发展就是真实的。我要写'一部自传之类的作品'[3]，调查这一混乱状态，收集记者、精神病专家和精神分析学家的证词。它们会告诉我到底发生了什么。通过这种手段，我将像对待陌生人一样对自己展开调查。"

把自己当作研究的对象，从而做到保持距离、克制感情，大部分的"自传"都采取了这种策略。自传不是把所有幻想的和不体面的都和盘托出，而是只述说能支持某种理论的内容，因此，从某种程度上来看，这些自传往往带有辩护的性质。

阿尔都塞在 1978 年就已经给桑德拉·萨洛蒙（Sandra Salomon）看过一份自传。1980 年那场悲剧之后（"我发现自己不敢落笔写出'谋杀'二字"），他重拾这个计划："我将能够……重写我的自传，塞满现实的回忆和其他的想象。"哲学上的诚实在今天得到了神经学研究的证实：有意识的记忆是多个记忆来源的融合，"在周围环境的影响下，记忆变形……错误的结果……那些容易受到暗示的人……错误的认识……潜在记忆……

将他人书写的成功归到自己身上……"[4]。

当我研究我的童年记忆（战时及战后）时[5]，我就像调查别人一样调查我自己。我惊讶地发现，有一部分记忆异乎寻常地清晰准确，与档案记录和实情实景别无二致；同时，我也倍感迷惘，因为另一部分我自认为毋庸置疑的记忆却与档案和访谈记录相去甚远。任何一部自传都是对过去的描述，真实存在过的事件与其他记忆来源的内容相互交织，构建了回忆。健康记忆的意向性表明了我们在纪念日的精神状态。借助当下的光辉，我们照亮了过去。但若因事件本身面目模糊或因事件不成立而导致无法描述，我们就无法完成这项阐释性的工作。阿尔都塞没什么话可说："不予起诉，事实上就是一块沉默的墓碑。"[6] 当我们因无法描述过去而画地为牢时，就如活在棺椁之中，只有写作才能带我们走出迷雾。

从被社会化的那一刻起，个人叙述就成了传奇，有了一套固定的表达。我经常参加各类医学会议，主持人们往往会这样介绍我："1944 年 1 月 10 日，一个孩子被盖世太保逮捕。侥幸逃脱后，他被正义之士收留，之后住进了收容所。今天，这个有着传奇经历的人将和我们一起探讨'心理创伤综合征患者的前额边缘萎缩'[7]。"这样介绍一位医学论文作者是否有欠妥当？

传奇的故事并不是谎言，它所展现的是被放大的现实片段。通过缩小和放大，我们会得到一个固定的剧本。第一幕：我们的家庭生活很幸福。第二幕：灾难不期而至，如同一头疯狂的怪兽。第三幕：痛苦的幸存者重新鼓起生活的勇气。在这样的剧本里，每一幕都是真实的，但它麻痹着那些呐喊的灵魂，那些呐喊着"别再谈论这些了！战争和迫害早就结束了！"的灵魂。而这句呐喊自1946年就已在我的耳边回响。

记忆有两大威胁：一是没有记忆，如同行尸走肉一般；二是拥有记忆，却被困在自己的记忆中。唯一的解决之道就是不辞辛苦地对记忆进行加工和转化，以便找到事实的意义。

当阿尔都塞把自己作为研究的对象，像旁观者一样观察自己的生活时，这位哲学家承认，他阴暗忧郁的情绪借由一种化学制剂得到了平抚："或许我投降得太快了……我的药（茚达品）[8]制服了我。"这种药物曾一度被医者和患者认为极其有效，因为它能增加5-羟色胺（一种调节情绪的神经递质）的传递。然而，1985年，茚达品因其对肝细胞具有一定的损伤而退出市场，尽管损伤的概率只有1/20000。事实上，它的副作用发生率要远低于阿司匹林和大麻。

阿尔都塞使用了一些临床上的措辞，描述了他作为心理创伤综合征患者的特殊回忆："一团模糊……周围的一切都变得模糊不堪……我要醒来……突然，恐怖向我袭来：它的双眼一直死死锁定着我，唇齿间露出了一小截舌尖，奇特而又平静……我站起来大叫道：我勒死了埃莱娜。"[9]

创伤回忆就是被记录的：突然感觉置身迷雾当中，被什么东西控制了思想，"一小截舌尖"震慑了我们，使我们无暇顾及其他。这个"奇特而又平静"的对象指的就是恐惧："我勒死了埃莱娜。"这个意味深长的细节束缚了阿尔都塞的思想，让它陷入一片模糊之中，被恐惧笼罩。由于案发当时阿尔都塞正处在非正常精神状态，警方决定不予起诉。这一裁决进一步阻碍了他的思考，似乎法律在宣告："他勒死了自己的妻子，但鉴于案发时当事人精神混乱、谵妄发作，故不予追究。"依据当时的《刑法典》第64条，他被认定无须承担责任……他杀了自己的妻子，却安然无事！

该怎么理解这起不追责的悲剧呢？当个人情感和社会环境扼制了我们的言语表达时，就只能通过写作得到解脱。我们从内心深处撷取词汇，为某些思想具形，然后将其传达给现实的和潜在的读者及友人。这样就能走出思想停滞的墓穴，重拾意识和光明。

安托南·阿尔托是这样解释写作这项活动的："为了真正走出地狱，每个人都曾进行过写作、绘画、雕塑、塑模、建筑或发明。"[10] 承载了这一目的的写作并不能治愈伤痛本身，但它可以让我们走进另一个世界，拥有更好的生活。

一个事实是，冲动在得到满足后就会熄灭。冲动"等同于一种自体性行为，使个体在一定条件下做出一些期待行为"[11]。婴儿想要吃奶，就会把头转向母亲的乳房。如果找不到母亲的乳房，他的紧张感就会增加，他会通过喊叫和哭泣来表达自己的沮丧。这时，吮吸作为替代品的奶嘴也能缓解他的压力。同理，孩子在恐惧状态下会钻进依恋对象的怀抱。一旦得到安抚，他对安全感的需求就会降低，也就敢于去探索周围的世界了。他会尝试找到恐惧的源头，对其进行分析、理解，并最终将其掌控。[12]

写作也有这样的安抚功能吗？经历了创伤消沉期后，精神世界会慢慢复苏，这时，面前将会出现两条截然不同的道路：如果个体在受到伤害后仍独自一人面对生活，他就会反复咀嚼这份伤痛而无法自拔；如果个体在得到他人的帮助后对伤痛进行了恰当的理解，他就会将伤痛转化。他可以向值得信赖的亲人、朋友或专业人士进行口述，也可以通过纸笔传达给潜在的朋友和读者。

人类社会随处上演着各种悲剧。每次战火过后，文学界都会异常活跃，作家们或歌颂英雄的丰功伟绩，或讲述无辜受害者的故事以博取读者的眼泪，或揭露侵害者的滔天恶行以激起民众的反抗，或描写没落帝国最后的辉煌以刺激虚无大众的神经。现实中有如此多需要书写的不幸，亦有如此多需要书写的幸福！

"一战"以后，精神病专家威廉·里弗斯（William Rivers）观察到，许多参战士兵出现了"记忆闪现"（souvenirs-flash）的症状，过去恐怖的画面在他们的脑海中挥之不去。[13]他要求一些饱受精神创伤折磨的士兵用小说化的故事记录在战壕中的经历。

大部分人都以第三人称的口吻进行描述："他正在和战友打牌，突然一声炮响，炸掉了战友的下巴。"为什么是"他"而不是"我"？因为第三人称可以让自己与所讲述的可怕的故事保持一定的距离。如果用"我"，就会唤起难以承受的痛苦记忆，他会如鲠在喉，再难控制自己的情绪。

在进行写作训练期间，大部分士兵受到了记忆闪现和噩梦的折磨，惊魂不定，难以相处。有些人拒绝写作，而另一些人为了减轻痛苦而变得麻木冷漠。几个月后，未完成故事的人仍无法摆脱过去的恐惧，而完成故事的人的状况则大为缓解。后者的记忆没有被改写，他们仍然清晰地记得战时的情景，但已经可以控制自己的情绪，平和地讲述战争。他们正试着通过理解战争而获得重生的希望。

这部由战士们撰写的故事合集于 1918 年出版，由于只是作为科学研究之用，因此没有后续作品跟进。在那个时代，大众舆论认为这些战后饱受折磨的士兵不是叛徒就是无病呻吟，没有人想要帮助他们，甚至还提出应该对他们进行审判和惩戒。[14]

第三十章
以写作求改变

　　写作行为本身并不具有创造性，有创造性的是写作过程中的构思。有些人喜欢以诗歌、绘画或电影来表达自我。治愈人心的不是笔或胶片，而是完成作品的过程：幻想，准备，加工（把创伤变成社会化的作品）。因此，很多作家会说："我为见证而写作，希望噩梦不再重现。应该让世人知道……"

　　未经构思，只以字词填充稿纸的写作会成为陷阱：一笔一画都是恐怖回忆的唤醒器，越刻画越入骨。这样的写作不过是在眼前一遍遍回放过去的情境，让人封闭自我，心灰意冷。

　　偏执狂患者或癔症性精神病患者都极爱写作，他们以有形的方式呈现了脑海中的妄想。在这种情况下，写作不能帮助他们实现个人发展，不能改变他们的观点及看待事物的方式。相反，他们的文档、笔记本成了强化谵妄假设的工具。当偏执狂患者把行政文件、信件、证词和发票分门别类地放到不同的文件夹里时，他们会觉得自己十分干练。写作因此也成了支持他强者逻辑的武器。

一些谵妄病患者会耗费数月甚至数年时间在自己的笔记本上填满注释、摘要，写下思考，用不同墨色的笔画出示意性的绘图或标出让他们引以为傲的句子。他们会随身携带这份艺术作品，并展示给对其感兴趣的人。这样的写作不能让作者与过去保持距离，当然也就无助于情绪控制。精神病患者通过写作来创造真实的作品，同时也具化了他们的妄想。给他们带去真实感的笔记本让他们感到欢喜，里面都是火星人将要进攻地球的证据、自己已被人斩首 7376 次的确证以及从海底发现秘密宝藏的经历，这些宝藏会让发射电波以夺取别人灵魂以及在新闻里随意评论笔记本主人内心感受的记者们哑口无言。愤怒的笔记作者会说："他们有什么权利这么做？我说的都是真的！你看，都写在这里呢！"

当有人愿意阅读精神病患者的作品，或愿意聆听他讲述人生奇事时，精神病患者会得到极大的宽慰。他们就这样向大众展示自己的妄想，并落入写作的陷阱。我们可以将这种妄想性写作视为一种使作者自我感觉良好的保护机制，但不能把它视为心理复原的促成因素，因为它不仅没有实现精神世界新的变化，还将作者禁锢在具化妄想的方寸天地中。

能促成心理复原的写作不应是一板一眼的调查报告，而是应经过深思熟虑，构想若干种可能性："不管真假，不论翔实……我都能用讽刺、热情或冷漠加以矫饰……我只会不断地思索、筛选……我写作是因为……我是他们中的一员，是众多身影中的一个，是众多肉体中的一具；我写作是因为他们在我身上留下了不可磨灭的痕迹，而这种痕迹会在写作中体现。"[1]

早期被遗弃会在孩子身上留下缺失的痕迹。孩子自己并不会意识到，因为不管怎样，他总会在某个感官生境中慢慢长大。如果他失去了母亲，又很快得到了一位情感替代者，那就还能继续健康成长。如果失去了母亲又独自一人，健康成长的机会便少之又少。倘若父亲去世，孩子还是会被留在悲痛的母亲身边。但消沉的母亲只能为孩子提供一个同样消沉的感官生境，孩子的成长会因此而受到阻碍。这种反直觉的结论只在西方社会成立。在提倡集体共同抚育幼儿的文化中，失去父母并不会对孩子的成长造成很大的影响，因为马上就会出现可依靠的替代者。

很多作家都有童年被遗弃的经历。费尔南多·佩索阿、纪尧姆·阿波利奈尔、斯蒂凡·马拉美（Stéphane Mallarmé）、让·科克托（Jean Cocteau），等等，他们的记忆中都有缺失的痕迹，尽管可能并不知道缺失的究竟是谁。模糊的缺失感为他们的世界披上了悲伤的色彩："这是多么不幸的事情，荒谬而残酷，我的童年——我的幼年——让我厌恶生活。"[2] 得到悉心保护的孩子会燃起强烈的生存意愿，他们要做的只是尽力去学习支撑这项意愿所需的各种技能。很小就被遗弃的孩子则"厌恶生活"，他们没有动力去探寻哪怕是一丁点儿的生存乐趣。他们所习得的依恋模式是回避、矛盾且尴尬的，这让他们在面对人际交往时感到不适。现实是未知的，他们不明白自己为何会"厌恶生活"，只知道自己此刻的感受。之后，他们会借助写作来传达对世界的埋怨和不满。对这些孩子来说，生存分明就是苦涩的代名词。要想知道他们为什么容易陷入阴郁，就该像我们如今所做的那样，求教神经科学。七岁左右，负责预测的前额叶神经元开始树状生长，并与负责记忆和情绪的大脑边缘系统神经元相连通[3]。在这一阶段，孩子学会了表述时间，从神经学的角度来看，他们具备了将过去与未来相联系的能力。于是，他们就能理解自己的所见所闻。如果此时，有一位亲人去世了，孩子感受到的就是失去而不是缺失。他清楚地知道自己失去了什么，他会觉得自己是一个孤儿，并因此承受巨大的伤痛。他在脑海中会这样对过去进行描述："我曾有一个妈妈，和她在一起我很幸福……我很敬佩去打仗的爸爸……"要填补这样的失去，就要讲述逝去之人的故事，要举行葬礼进行哀悼，要通过写作使其在世间留下不可磨灭的痕迹。

如果孩子在学会表述时间之前就失去了亲人，贫瘠的感官生境就不能很好地促进孩子的成长。如果没有新的情感替代者出现，孩子的成长会因缺乏有力的监护而改变方向。孩子体会不到失去的感觉，因为他不会这样思考："我曾有过……我再也没有……我失去了他（她）。"孩子不明白什么是缺失，只会奇怪自己为什么会"厌恶生活",为什么只剩自己一个人,为什么会如此害怕人际交往。

感官生境会指引孩子的成长,但如果孩子的感官生境是贫瘠的,他的大脑机能就会受到影响,还会无法控制自己的冲动。[4] 所爱之人已逝,我们会倍加思念,周围摆满他的照片,为他竖起墓碑,书写他可歌可泣的一生;所爱之人已逝,但脑海中的他仍清晰可辨。如果从未有过所爱之人,孩子脑中就不会留下任何印象。不曾获得被爱的感觉,孩子就无法建立自信,进而无法与他人自在地相处。极度的不安全感会使他把任何交往都视作侵犯,而对交往的恐惧又会让他封闭自我,并产生意外的冲动。在这种环境下被塑造的个体或会自我压抑,或会不假思索地采取行动。

让-保罗·萨特和让·热内在失去依恋对象后,选择用肮脏、丑陋、腐烂、堕落的替代品来填补空白:"我有一双肮脏的手,一直脏到臂肘上。我把手伸到大粪里,血污里。"[5] 萨特笔下最具代表性的主人公安东尼·罗冈丹对资产阶级和不断抬头的纳粹主义充满了厌恶。[6] 绝望者们的下流和暴力行径让萨特和热内沉迷,从这个角度来看,他们二人的精神世界是同质的。但当资产阶级出身的萨特将热内奉为上宾,对其赞誉有加之时,他并不明白,比起高谈阔论的文学沙龙,弃儿出身的热内更喜欢肮脏的社会底层,宁愿跻身被迫害者的行列。二人从此分道扬镳。

萨特十六个月大时,他的父亲去世了。萨特没有关于父亲的记忆，身上却留下了父亲的痕迹。当热内的神经元为了建立突触连接而蓬勃生长时，他极可能孤单一人。虽然后来热内被收养了，但缺失的痕迹早已印在了他的灵魂里，并导致他"厌恶生活"。这种悲伤绵延不绝，无从解释，就像那些"无法安抚"的婴儿[7]一般，尽管应有尽有，他们仍因怕被遗弃而感到绝望。他们间或回避生活，间或暴躁狂怒，无论身在何地都找不到归属感，也无法体会情感关系的真实性："他说他爱我，真是个伪君子！"

"他身在此处却不归属此处，他并不想归属于任何一处。"[8]这种情况下就该逃离，不轻易付出感情，尤其不能产生依恋。折磨热内的不是情感匮乏，而是害怕被抛弃。他自觉从未被爱，也适应了从未被爱，唯恐日后被情感束缚。他与关爱他的领养家庭形同陌路，从未被赫尼耶一家类似"我的小小让"或"我的小天使"这样的温柔呼唤所打动。幼小的让当时心里想着："他们是收了钱才会供我吃供我穿的。他们的甜言蜜语听起来让人恶心……别去搭理他们才能舒服自在……要背叛爱我们的人才能获得自由。"在学校里，同学对他说："你的妈妈不是你的亲生妈妈，你的家也不是你原本的家，你是一个被捡来的孩子。"于是，这个觉得不付出爱才更为妥当的孩子就会想："依恋的代价太过高昂，还是我的自由更重要一些。"

热内偶尔也会依偎在养母身边，但这种感情冲动并不持久：

"寒夜如影随形，无处不在"[9]，它冷却了他的热情，给了他不依恋任何人的自由。这个孩子从来没有领会到赫尼耶夫人对他的疼爱。很小就被遗弃的经历使他习惯回避感情，也使他变得冷漠、独立而散漫："我自小就被遗弃，所以早习惯了被遗弃。这种习惯日夜相伴，让我构筑起幻想的生活"[10]，或"很早开始，我就拥有了终将把我引向写作之路的情感"。

当写作为情感荒漠辟出一片迷人的绿洲，何人不对其心生向往？热内如果是个经历普通的人，他会过上平凡的生活："要是我一直待在度过童年的地方，就会成为公证员的家仆。"[11] 然而，精神上的苦闷深深印在了他的脑海中。尽管赫尼耶一家给了他温暖，但他唯有通过写作才能找到活着的感觉。十六岁的时候，他因流浪罪在土伦被捕，他说："我有罪……但是……我觉得你们会原谅我……我现在已经逃离了将我困身其中的平民阶层……一切尽在我金色的幻想中，你们也在我的回忆里。"[12]

第三十一章
泥淖中的珍宝

    许多作家都有这样的生存策略。"比起拥有财富、自由和声望，热内更喜欢"像流浪汉那样"独自住在车站附近寒酸的小旅店里"[1]。1986 年，在热内弥留之际，巴勒斯坦驻法代表莱依拉·赛义德（Leïla Shahid）就是在一个脏乱破旧的房间里同他作了最后的诀别。与兰波一样，热内也喜欢腐臭的味道："茅厕就是他幻想的培育池。在这个憋闷阴暗的场所，他能嗅到自己内心腐化的味道。"[2]

    德帕迪约没有经历过情感缺失。恰恰相反，得益于他的父母、手足及街头玩伴，他的感官生境为他提供了足够多的刺激，塑造了他的性格。他远离了孤独，却也远离了语言交流，因为他身边的人更喜欢用肢体进行表达。他的父亲曾对他说："听不懂的时候，你就微笑。"这不禁让人想起，阿尔茨海默病发病早期，患者出现理解障碍的时候就会笑着用手指示自己叫不出名字的物品或对象。在这样的环境下，从小就不缺安全感的杰拉尔学会了不用语言，而用笑容、动作和拳头将自己的情感冲动投射到他人身上。聋人和外国人会用微笑示意自己正在聆听，免去你复述之苦。比起语言不通的两人友好地并肩走路，像杰拉尔这样的交往关系并不会带来更多的乐趣。此时若是有了言语的介入，与他人之间的关系就会变得更加自在、亲密。这可比德帕迪约毫无恶意的拳头要好多了：缺言少语，上来就是一拳。他最终还是学会了使用别人的言语，还有那些优美的词句、绚烂的思想，这些都成了他交际的工具，也让他感受到了表达的乐趣。假设德帕迪约原本生活在一个情感、动作和语言相对平衡的环境中，他或许只会成为一个淹没在人群中的普通人。

我很理解这种因言语之美而获救的状况。小时候，我待在虐童成风的收容所里，不仅要适应缺衣少食的贫苦生活和情感上的孤独寂寞，还会有人告诉我，我的父母被杀是出于"净化"社会的需要。这样的言辞对我来说是精神上的折磨。我不时会想到这些话，后来就慢慢变得麻木了，因为这样能减轻我的痛苦。幸运的是，我的记忆中还保留着母亲的热情和父亲的活力，这些促成我日后心理复原的星星之火足以让我回味并幻想。我梦想有一天，我会成为一名医生，完成母亲的心愿，成为父亲的骄傲，并得到社会的认可。以我当时的境况来看，这个梦想荒谬可笑。当时的我身边没有别的家人，只能和侥幸存活却饱受创伤的姨母一起挤在没有供水也没有暖气的几平米的小房间里。学业落下了一大截，也申请不到奖学金，因为我没有任何文书可以证明自己的经历：父母双亡，曾被盖世太保逮捕，四处逃亡后被正义人士所救，曾用过假名，以及在不同的收容所辗转待过。这些深深刻在我脑海里却又无法以平常口吻向人诉说的事实，要花费我数十年的时间去证明。

为了不绝望，我必须幻想。于是我想象出了荒蛮的世界，没有人类，只有各种不会对我做出评判的动物。十岁左右，我虚构了一个由女孩们组成的世界，她们喜欢动物，每天装扮自己，相信并愿意倾听我的冒险故事。平淡的日常用语远不够我表达之用，于是我开始编写能感动这些仙女的奇幻故事。至于剩下的男孩子们，粗鲁地打打架踢踢球就可以了。我的故事可是非比寻常的，我讲述着我的主人公如何利用聪明的小狗将德国士兵引向错误的方向，并对他们发动袭击，成功掩护我逃走。我讲述着我如何在树林里找到一棵空心大树，在里面造了一架梯子，通往地下光亮又舒适的密室：女孩们可爱听这些故事了。

这种幻想的需求和生存的趣味通过我的主人公得以具化，他讲述了自己如何设法赶走坏蛋，如何成为导演，如何写下比真实更真实的故事：女孩们赞叹不已。

这些灵动的幻想，通过能被他人接受的措辞方式，描述了难以用陈词滥调描述的情境。躲进幻想的行为让我的学业渐渐有了起色，同时，这种心理防御的方法也让我把欣赏的眼光投向了社会边缘人士。我说的不是那些为害社会的罪犯，而是那些不管在什么样的境地下仍坚持走自己的道路并最终实现了疯狂梦想的人。

我们总会被形形色色的逃脱者所吸引，不管是逃出集中营的战俘、逃出牢房的罪犯，还是摆脱社会桎梏的边缘人士。脱离社会，独自一人，我们将无法生存；身处社会，备受牵绊，也会令人窒息。从这种双重束缚中解脱出来吧！在影片《四百击》[3]里，我清楚地记得这样一幕：一个班的孩子尾随着一名成年人。每到一个拐角，都有几个孩子脱离队伍走向另一条路。有个穿着肥大外套的男孩躲在一扇大门后面，他等待了片刻后，随意地打着响指穿过了马路。这幅画面是如此鲜活，直到今天仍浮现在我的眼前。热内就是在逃跑中度过了他的童年。十二岁那年，鲁宾诺维奇医生将他送进了教养院：他逃走了。把他抓回来关进了监狱：他逃走了。在马赛被监禁：他又逃走了。人们甚至想到了把他关进精神病院。在阿布维尔（Abbeville）期间，他才渐渐平静了下来。

如果热内是个温驯的少年，或许只能成为一个印刷工、会计或园丁。如果他性格平稳，或许就会平静地接受自己的遭遇。但自他十二岁起，强烈的幻想就已注定了他要走向作家的命运："我早就为自己……今后成为观察者，也就是说成为一名作家，做好了准备。"无独有偶，乔治·佩雷克八岁时也说过同样的话。只不过热内还说过："我要举起文字的屠刀。"[4] 在他眼中，世界散发着让他喜欢的恶臭，一种从"坚硬的肛门"里散发出来的臭味。在萨特看来，丑恶的资产阶级让他作呕。对其他孤儿来说，幻想能给予他们"平反"的乐趣："仲马父子（大仲马和小仲马）的成功……只是为了掩饰他们身上'私生子'的标签。"[5]

这些例子告诉我，如果幼时的我生活安逸，情感平和，我很可能会成为像我父亲那样的细木工或家具商。因为，这个行当就足以让我过得幸福。然而，我实际面对的却是战后动荡的社会和破碎的情感，所以我才一头扎进了美妙的幻想里：当我们成为医生、作家，当我们居住在风景如画的海边，剩下的就只有幸福，不是吗？现实的道路异常艰辛，但在这种脱离现实、近似谵妄的奇妙幻想中，成功便成了次要的裨益。最重要的是，甜蜜的幻想给了我近乎病态的勇气，让我敢于对抗痛苦的现实。向你致敬，我的癔症！如果我的情感未曾有过缺憾，或许我会选择一条轻松的寻常之路，没有痛苦也没有幻想，做一个平平淡淡的普通人。

幻想的主题反映了幻想者的个性。热内对下流的暴力着迷："1940年6月14日"，希特勒"彻底打败了法国佬，一大群金毛士兵蹂躏了我们，毫无疑问，我当时高兴得很！"[6] 在他看来，对唯唯诺诺之人出言不逊是何等有趣，把怡然自得的资产阶级搞得人仰马翻又是何等快事！他的精神同盟萨特也喜欢攻击浑身铜臭的守财奴和如胶似漆的情侣。人生在世，一定要自由！哪怕是做"自由的囚徒"！

第三十二章
如何品鉴艺术作品中的恐怖

请不要急于指责有着"特殊趣味"的热内和萨特，其实，我们每个人都有从极端条件中获得快感的倾向：我们会对战争恐怖的那一面着迷，会放慢脚步关注路上发生的事故，会饶有趣味地观看攀登珠峰者艰辛地迈出每一步，每天晚上的电视新闻也会为我们带来世界各地的不幸消息。出于同样的理由，热内很钦佩在"二战"期间对普通百姓采取了恐怖手段的年轻民兵，对于所有曾受到迫害的人，热内都要为他们的暴力行径正名。

因缺失而导致的痛苦可以激发创造力，以此填补精神的空虚。内心世界通过我们的创作表露无遗。因此，任何一个艺术作品都是一份自白："创作就是一部艺术或科学作品的构思和布排，它要符合两个标准，即创新和价值共识。"[1] 当孩子能很好地适应环境，就不再需要创作，只需要学习所属环境中的表达、规则和理论即可[2]。但当他想找回真实的自我，就要与上述的一切相抗衡："匮乏造成的结果就是创作……在受到创伤之后，这

179

些资源都将我们引向心理复原的道路。"[3]

毒瘾发作的成年人能清楚地意识到缺失的痛苦。但是对于一个失去父亲的孩子，如果外部环境可以为他提供一个替代角色，他就能继续健康地成长，也不会意识到父亲的缺失。有时候，一个更积极、更有活力、更令人安心的母亲会抹杀父亲的存在。感官生境应是丰富的，如果这样的母亲独占了孩子的情感记忆，那么，她对孩子的付出对孩子来说就会变成情感的牢笼。

罗曼·加里就是情感牢笼里的囚徒。他原名罗曼·卡谢夫，曾在波兰度过一段童年，那时的经历教会了他扮演各种角色。罗曼自小跟随母亲长大，闭塞的感官生境使这个孩子只对母亲这唯一的依恋对象倾注情感。他产生了近乎荒谬的信心：一位独一无二的母亲、一个独一无二的家、一种独一无二的语言给了这个孩子独一无二的世界观。他的母亲是他完美的依恋对象，光彩夺目，热烈多情，完全掩盖了不知身在何处的父亲的光芒。

即使是一位生死不明的父亲，也能给孩子十足的存在感。吉耶梅特（Guillemette）的父亲死在了印度支那，但对孩子来说，父亲只是不在身边而已。墙上挂满了父亲的照片，那是个年轻俊美、身材精瘦、手持武器的士兵。母亲、家人和朋友们时常讲述他的故事。因此对吉耶梅特来说，虽然父亲在现实中已经不在了，但他却以照片和话语的形式让小女孩的依恋有了实体。[4]

要学会爱，2 这个数字至关重要。当父母健在，相依而相异，幼儿的目光就会根据互动需要而交替出现在两人身上。[5] 他会对这两人注入不同的情感，并由此产生爱的不同方式。孩子就这样先后学会了去爱被称为"妈妈"和"爸爸"的感知对象，进而拥有了两个同样坚实却又各自不同的安全基地。通过辨识这种不同，他的世界徐徐开启。

小卡谢夫被母亲的爱俘获了，生活在这种缺少相异性的情感世界里。他本可能步入歧途，不过，幸运的是，当时的社会背景迫使孩子向他人的世界敞开了心扉。罗曼的母语是俄语，上的是讲波兰语的学校，用德语进行官方交际，在家使用意第绪语，旅行时使用英语，有时也说西班牙语或意大利语。这些语言为罗曼打开了万千世界的大门。当我们学会用如此多的语言模式进行思考时，地域的边界就会消失不见。对小卡谢夫来说，指引道路的明灯不是一位因生活拮据而下矿干活或每天朝九晚五通勤的父亲，而是一位母亲，一位舞蹈明星，她用自己的预言浸润了小卡谢夫的头脑："你将成为法国大使，获得荣誉勋章，并成为伟大的作家。我的孩子，我是如此爱你，我会为你付出一切并以你的未来为傲。你的成功会治愈我眼下的一切痛苦。被驱逐，被掠夺，被侮辱，这些都算不了什么，只是迎接你辉煌时刻之前的小小挫折罢了。"这位母亲躲进了自己绚烂的幻想中，肉体虽饱受折磨，精神却依旧绽放光芒。她教会了自己的孩子，即使在另一个国家……用另一个名字……以另一种语言……过另一种生活，也要觉得幸福。

　　这样的环境激发了孩子的依恋。当整个社会风雨飘摇，夫妇被迫分离，孩子就只剩下一个导向标和避风港：他的母亲！除了母亲之外，再无其他情感的支撑：没有父亲，没有亲属，没有朋友，没有故土，没有籍贯。罗曼·加里对自己的家族知之甚少，因此只能揣度和想象：我出生于俄国、波兰、波罗的海地区、库尔斯克、蒙古，还是其他什么地方？比起寻根，罗曼更喜欢幻想他的根源，这样他就能利用出身的谜团上演虚构的剧本，并从中获益。比起族谱档案里的一堆老照片，这样的幻想更有趣，更有创意，也更让他感到满足。有疑团才会有猜测，有空白才能书写或奇幻壮阔或恐怖绝望的故事。"我的母亲一定是一位出众的演员，不要试图去求证这一点，否则就会打碎幻想并削弱她对我的吸引力。我的家庭可能源自蒙古。为什么我会这么想呢？因为对我来说，蒙古不仅遥远，还和我一样神秘，而且亚洲人都很俊美。我同我母亲一起度过的童年，就是一段激动人心的冒险：无数次的搬家，使用七八种语言，有五六个国籍。朋友和敌人，正义者和告密者，英雄和叛徒，轮番上台演出。我的起源是一部多么精彩的小说啊……"[6] 一成不变的日常让人变得心胸狭隘，苦难和不幸却能带来崇高之感。家中若有一位战士父亲或矿工父亲，他会成为家人的英雄。若没有父亲，母亲就会崭露头角，成为孩子的荣耀。她竭尽一切，用她无尽的才能——裁缝、演员、诗人——让孩子的生活变成一场冒险，和她的传奇经历一样美好。

同样的事实，罗曼本也可以写成压抑苦闷的流水账：我被我的父亲，一个斤斤计较的伪君子给抛弃了，我不得不忍受我那气人的母亲。她既是个蹩脚的演员，也是个容易受顾客欺负的平庸裁缝，所谓的顾客不过是些粗鲁的小个子波兰人，只会打着反犹太的旗号欺凌弱小。这个看似不同的故事，内容上和罗曼·加里所讲述的传奇经历是一致的，但两者的情感内涵却大相径庭。细细地品味幻想才没有让罗曼厌弃生活。

为了更好地幻想，加里喜欢使用不精确的描述：我那平庸的父亲或许不是我的父亲。我的母亲肯定和默片明星伊万·莫兹尤辛（Ivan Mosjoukine）有过一段疯狂的情史。我就是他们的私生子，所以我八成就是个鞑靼人。如果只是简单地陈述如下事实，岂不无趣：我是平凡的制皮工人莫伊史的儿子，他连儿子降临人世都不知道，战争一爆发就被征募，后来或许死在了奥斯维辛集中营的火炉里，也可能倒在了纳粹乱枪射杀立陶宛犹太人的沟渠里。两个剧本，你们会选择哪一个？父亲没有在小罗曼心里留下任何痕迹。罗曼更喜欢富有传奇色彩的鞑靼出身，这个大草原上的游牧民族要好过遭种族屠杀戕害的小商贩。"成吉思·柯恩就是我。"罗曼使用了成吉思这三个字，与大名鼎鼎的成吉思汗的名字仅有一步之遥，亦即从笔端诉诸了不愿成为受迫害者的意愿。但另一方面，他也满怀矛盾地写下了柯恩这个姓，因为他不得不承认自己身上流淌着犹太人的血液。

我很理解罗曼·加里矛盾的心情。因为我对自己的出身也不甚了解，一切全靠想象，任何蛛丝马迹就能让我天马行空。文学创作也是如此，微不足道的小事足以诞生一个故事。一个词语、一个暗示或一个细节就能触发关于出身的传奇故事。有不少人觉得这样的故事比白纸黑字的档案更激动人心。

第三十三章
我的出身，我来幻想

　　"二战"期间，人们这样教我："你的名字是让·拉波尔德。跟我说：'我叫让·拉波尔德。'如果你说出自己的真名，不仅你会丧命，爱你的人也会因你而丧命。"真名是危险的，假名会给我保护。但我并不喜欢这个保住了我性命的面具，它让我明白了现实是致命的。唯有幻想能让我获得生存的乐趣。多年之后，我成了医学院的学生，一位说俄语的住院实习医生询问我的故乡。我支支吾吾，含糊其辞，其实是想表达："我也不知道我从哪里来。"他亲切地向我解释，在古老的俄语或乌克兰语里，我的名字意为"剃须匠-外科医生"。真没想到，原来我也有故土！我竟因为得知自己来自一个陌生的地方而如此高兴。

　　不久之前，我受邀前往弗罗茨瓦夫大学（l'Université de Wroclaw）。在古城里散步的时候，我看到了很多红色螺旋形边框装饰的白底招贴画，就像波兰国旗的颜色一样，上面还印着：西瑞尼克·塞维斯基（Cyrulnik Sevilsky）。我以为这是为了欢迎我而布置的，便对一个朋友说："你们太热情了，我都有点不好意思了。"他解释道："不是你想的那样，Cyrulnik Sevilsky 的意思是'塞维利亚的理发师'。"原来我的名字竟如此普通，我不禁大为宽慰。所以，我和大家一样，都有一个源于某地、某文化的寻常名字。甚至还能和别人产生些许关联：你是那位大提琴手的亲戚吗？还是那位住在马嘉德街的医生的亲戚呢？

罗曼·加里曾说："我一直想成为罗曼·加里，但那是不可能的。"[1] 他应该为这句话作出如下补充："我正在塑造一个不是我的自我形象。为了取悦我的母亲和读者，我写了一部精彩的小说。这也是我说我自己生在库尔斯克附近的维尔诺[2]、莫斯科或尼斯的原因，还解释了我笔下的父母为什么大部分时间是法国人，有时是俄国人，偶尔是波兰人。我对真相不感兴趣，我更喜欢幻想。既然不知道我是谁，从哪儿来，我就只能编造我的身世。成了作家之后，我可以更自由地发挥想象。如果我有确切的出身、国家和语言，我就不必如此大费周章。明明白白的出身会大大降低我身上的各种可能性，我会变得更平凡、更平静。但事实是，我的身世就是一团疑云，它给了我自由，让我谱写出许许多多故事，它们既有趣又让人疲惫。明确的身份是一张标签，描绘了我们在别人眼中的特点。出身的秘密给了加里创作的自由，使他一直游荡在飞行员、作家、大使或探险家这几个身份里。"

如今，很多孩子不知道自己的父母是谁：一位捐赠者的精子进入另一位捐赠者的卵子，在试管中培育的受精卵再被植入代孕母亲的子宫里。[3] 生物数据真的如此重要吗？你会在某一天想到自己曾是一枚精子吗？您会想到您曾在输卵管里游动，然后与母亲的卵子结合吗？谁会这么想呢？恐怕没有人。当我们想象自己的出身时，总会把目标锁定在某个人身上，还需要合理的场景和相似的外貌特征使我们的故事变得有血有肉。我们幻想自己有一个永远年轻美丽的母亲，希望自己的身世传奇或跌宕，希望自己归属于某种语言、某个习俗、某些饮食习惯和某类音乐风格。[4] 我们永远不会把自己设想成一枚精子。不管我们的父母是谁，有名或无名，国王或平民，犯人或警察，精神低能者或诺贝尔奖获得者，能够描述我们的是关于我们出身的故事，而不是在某个晚上的一次激荡或无趣的性生活。虚构的小说让我们的幻想有了形体，譬如家中一位渴望独立的长女会这样想："我是一位公主，还在襁褓中时就被流浪汉偷偷抱走了。我并不是眼下我称之为'父母'的这两个穷光蛋的女儿。"[5]

为了获得幻想的理由，罗曼·加里就不能使用他父亲的姓：卡谢夫。当他坚信"我是俄国人"时，他所指的是属于果戈里和尼古拉二世的沙皇俄国：盛大的舞会，浓密的络腮胡，迷人的长袍，帅气的制服，以及华丽的放纵。卡谢夫或许想到了太多次维尔纽斯的犹太人小村庄，还有让人窒息的宗教感情。事实上，加里拿化名做文章正表明了他只有在虚构自己的身份时才会感到快乐:"如果我叫福斯科·西尼巴尔迪的话,我会写哪一类的书呢?"……"如果我叫夏当·博加的话,我的作品会不会更具东方气息呢?"[6]……"我每天都要花好几个小时'试用'各种假名,并设想自己以不同的名字会如何写作:于贝尔·德拉瓦雷、罗兰·康贝尔道尔、阿兰·布里萨尔、罗曼·科尔戴,甚至是罗兰·德朗斯沃。"[7]

每一个化名都是一个标签,体现了罗曼·加里想要不断变换身份的意愿,如同变色龙一般。做自己,就是不断地成为自己。尽管时刻变换身份,却带有一直都是自己的幻觉。明确的身份标签方便我们思考,帮助我们建立起约定俗成的关系,如此便一劳永逸。多么轻省!但也阉割了自我的可能性。当加里隐藏在另一个名字之后,他选择的这个名字会激励读者去探索他多变人格中的其中一面。就像一个躲在桌子底下的孩子幻想着焦急的父母正在到处寻找自己,他会体验到一种快乐。要是被找到了,他就会欢呼雀跃,一下子扑进父母的怀里。"小淘气,找到你可真开心!"他们互相拥抱、爱抚。然而现实并不像幻想那样美好,躲起来的孩子往往会激怒忙着赶车的焦急父母。

当现实生活风平浪静,幻想就是锦上添花。但当我们生活在幻想中,现实中的问题却不会得到解决。于是,作者会留下若干线索引导读者,以此与读者建立一定的默契,就像用笔使了个眼色。罗曼·加里把他对俄式酸黄瓜的喜爱透露给读者,作为猜测他身世的依据。伍迪·艾伦也有过类似的举动。至于我自己，竟也曾开玩笑地谈论我对"俄罗斯酸黄瓜"的喜爱，话语间还给这些黄瓜找了个故乡。[8] 当我观看影片《童年的许诺》[9] 时，我对俄罗斯酸黄瓜的掌故心领神会，霎时间感觉与罗曼亲近了许多。我的朋友们都不曾注意到、看到或说起过"俄罗斯酸黄瓜"，当我把它看作这部影片的共感元素时，他们都十分诧异。

在我们隐藏自己的时候，我们会有意在面具上留下暗示身份的蛛丝马迹。只能做自己是多么可怜！既然不知从何处来，加里就能天马行空地想象自己将去往何处。他可以成为飞行员、外交官、和戴高乐并肩作战的抵抗者或离群索居的作家。如果他深爱自己的父亲卡谢夫，或许会像他一样成为一名制皮匠。父亲的缺失释放了他的想象，他对自己的幻想根据不同的人际交往和社会背景而不停地变化，却未能逃脱母亲甜蜜的情感牢笼。因此，小罗曼使用的第一个笔名就是加里。这是她母亲做演员时就想使用的名字，在俄语中的意思是"燃烧吧！"温暖又迷人的火焰也会摧毁一切。"度过短暂而炽热的一生，这就是母亲交给我的任务。"生命逐渐老去，火焰也日渐黯淡，于是罗曼改用了阿雅尔[10] 这个俄语名字，意为"麸炭"。"我还在燃烧，只是在变成死灰之前温和了许多。"

孤儿出身的作家经常会构思疑点重重的文学作品，既是家庭故事，也是侦探小说，而读者会在阅读时发现线索，找到真凶。

在作品《风筝》[11] 里，罗曼·加里选择了一个孤儿作为主人公，这个孤儿被独居的叔叔抚养长大。叔叔是个"疯疯癫癫的邮递员"，会做风筝，有时候，风筝上会装饰一颗大卫星，影射庇护犹太人的村庄利尼翁河畔的勒尚邦（Chambon-sur-Lignon）。由于没有父亲，鲁多四处寻找父亲的替代者。当他迷失方向时，就会去找"导师-爸爸"为他指引道路。这个替代父亲的人会对他说："若是无法进行想象，就会觉得了无生趣。在没有想象的世界里，大海也只不过是一摊咸水而已。"[12]

想要获取真相，手段多种多样。科学探索者们热衷于发现真相，譬如计算海水的密度、钠含量和浮力。我们也可以赋予咸咸的海水一种意义，并承载我们的故事。我小的时候觉得那些居住在海边的水手是真正自由的人，他们可以随心所欲地航行。这样的场景给了我一种极致轻松、安适惬意的感觉。乘风破浪，迎风翱翔，或简单地诉说内心的感受，这些都是自由的表现。因脑血管意外受伤而丧失了言语功能的失语症患者会感觉沉重。一旦大脑颞叶恢复供血，言语功能得以恢复，他们就会体验到一种美妙的轻快感，如同"漫步云端"或"穿上了七里靴"。能化天涯为咫尺的语言扩展了时间和空间[13]，也构建了我们的感受。

我曾在南特海军陆战队服役，那里的惩戒营给我一种身陷牢笼的感觉。但在通往医务室的走廊墙壁上，有很多昂蒂布军事要塞的图片，近景是大海，远处是白雪皑皑的群山：这才是自由。

在影片《四百击》中，逃跑的孩子们奔向大海，在沙滩上脚踩浪花：这才是自由。罗曼·加里娶了珍·茜宝（Jean Seberg）为妻，妻子的名字让他想到了大海上的山峦（Sea-Berg），也让他把这个联想和他母亲在尼斯购买的旅馆联系在了一起，那个旅馆名叫迈尔蒙（Mermont），也含有海上山峰（Mer-Mont）的意思。

在缺失了出身背景的作家构建的文学迷宫里，大海从不被简单地定义为水和盐的混合。他们描写虚构的海岸供无根之人游荡、寻路。这种自由让人焦虑，因为它不能带去使人安心的实际功效。当我们不知道自己来自何处，不知道父母为何人，想象确实会为我们提供所有的可能性；但是，当我们没有可让我们融入一个家庭、一个社会的关系时，我们就变成了因虚无而恐慌的游魂。这样看来，明确的身份岂非有利无害？并不尽然。知道了身份就会被困其中：我可以不理会别人，只相信我自己。我眼前的世界清晰可见，因为我只活在这唯一的世界里。我明确地知道自己该做什么，因为我只有一个主宰，只信奉一条法则[14]：我可以因此而平静地走向死亡。

第三十四章
幻想中的幸福

　　没有身份，我们会在尘世间迷失；有了唯一的身份，我们会变得独断。通过写作，罗曼·加里探察了所有可能的心理原素和不同的语言，拥有了丰富的游历和实践，这让他的思维变得开阔，尽管会有人格解体的危险："我已身不由己。我必须履行承诺，一身荣耀地回家……写出《战争与和平》这样的鸿篇巨著，成为法国大使，总而言之，彰显出母亲给我的才能。"[1] 独占了小罗曼情感世界的母亲一直掌控着他的人生。在生命即将走向尽头的时候，她留下了几百封信，嘱托朋友们在她死后寄出，这样的话，即便她离开人世，还可以继续陪伴在罗曼身边，附着在罗曼的灵魂里：在犹太人的传说里，死者寄居在亲人的灵魂中。

　　这样的心理现象并不罕见。很多寡妇在丈夫去世很久之后，仍感觉听见了他下班回家的声音和晚上睡觉的鼾声。这种幻觉让她们觉得欣慰，似乎找到了丈夫还在人世的明证。她们常常会摆好餐具，并准备好晚餐时和丈夫闲聊的话题。死者在现实中的缺席致使她们用宽慰人心的幻觉来填补空虚。一切还是井然有序，因为还能听到丈夫的声音，感觉到丈夫的存在。幻觉减轻了她们的痛苦，就如同小乔治·佩雷克想要成为作家，用文字为父母筑起灵魂的归宿。在他看来，只要书写亲人的生活，亲人就不会在人世间灰飞烟灭，就能找回他们的荣誉和体面。书写之后，这位小作家就能面对他们的死亡了。

列夫·托尔斯泰一岁半的时候丧母。当时，他的感官生境是由什么构成的呢？一位因悲伤而疏离幼儿的父亲，三个忠心的保姆，一位不总在身边的祖母。孩子的成长轨迹由此发生了改变，并在他的大脑中留下了无意识的痕迹。当情感世界里失去了"母亲"这个最有分量的依恋对象，孩子又该寄情何人？刚开始那几天，还不会说话的孩子会发出咿咿呀呀的声音来表达不满，随后，他们会求助于肢体活动，比如晃动手脚、脑袋，转动身体，拍拍自己。最后，他会适应空虚的生境并日渐衰弱。[2] 为了避免这种情况，周围的人就必须为孩子找到情感替代者，比如保姆或祖父母，以帮助孩子重新走上正常的成长轨道。对当时年仅一岁半的托尔斯泰而言，母亲的离世或许会在他的大脑中留下些许痕迹，却不会给他留下紊乱的意识，因为他尚处在婴儿的记忆缺失期。

失去母亲的小列夫得到了保姆的悉心保护，转眼间到了他会说话的年龄。他听见别的孩子都有妈妈，自己却没有。这是怎么回事呢？小列夫并不悲伤，因为他没有失去母亲的意识。之后，从别人的话语中，他才意识到了自己的不同："我一岁半时，妈妈就死了。我一点儿也记不起她来。而且很奇怪的是，家里没有一幅她的画像，我甚至都觉得她不曾真实地存在过。"[3] 从逻辑上讲，托尔斯泰知道他有个妈妈，但这个妈妈没有具体的形象，也没有给他留下任何回忆。为了填补描述的空白，他感受到一种需求、一种愉悦、一种不得不写作的束缚：《童年》由此诞生了。小说的主人公——十岁的伊尔捷尼耶夫，试图"在想象与泪水中重现一位永远年轻、美丽、温柔的母亲……她展颜欢笑的时候变得愈发美丽"[4]。托尔斯泰想象着母亲离世时他本应承受的巨大伤痛，并以此弥补他一岁半时未能进行的哀悼。

在《战争与和平》中，托尔斯泰撰写了精彩的家族故事。他的外祖父尼古拉·沃尔康斯基（Nicolas Volkonski）是主人公保尔康斯基的原型。他的祖父伊利亚·托尔斯泰（Ilia Tolstoï）在小说里则叫作伊利亚·罗斯托夫。安德烈公爵的恋人，美丽的娜塔莎，后来嫁给了皮埃尔·别祖霍夫，这显然是托尔斯泰家人经历的复刻。安德烈公爵和别祖霍夫伯爵之间的竞争呈现了孤儿们在试图满足自己的情感需求时所体会到的恐惧[5]，他们仿佛在内心深处喃喃自语："我多么需要爱，可我不配。"苦于欲望的折磨，他们沉沦欲海，玩世不恭，不思学业，这无疑阻碍了他们组建梦想中的家庭。他们躲避着引诱他们的人，选择了让他们厌倦的事业，在学期的最后一分钟才开始备考。若是侥幸过关，便有了赌博胜出的快感，打了一场漂亮的翻身仗；若是不幸败北，就是在赎清撇下离世亲人独活于世的罪责。"我向自己举起屠刀，由此感受赎罪的快感。何等宽慰！又何等惨烈！"

让-保罗·萨特十六个月大时，父亲在印度支那死于痢疾。他的母亲不仅承受着丈夫猝然离开的打击，还要面对婴儿因自体中毒而险些夭折的不安。可想而知，萨特的感官生境是晦暗无光的。小萨特的神经记忆里必然留下了这一黑暗时期的痕迹。他的内心世界对柔弱的人和事，对水母、迷雾，对一切呈海绵状且让人有些作呕的东西变得极为敏感："水汽……潮热的白色蒸汽……我在我的房间里解决一道物理题。今天是星期天。"[6] 带着如此感知世界的目光，这个孩子"要寻找一个支撑，一个容器，他在……他语言的早期发展中找到了想要的东西——他紧紧抓着词语不放。根据家人间的信件往来显示，让-保罗在十六个月大的时候就能开口成句，十八个月大的时候就能表达流畅"[7]。

父亲死后，悲伤的母亲带着儿子住进了祖父母家中。于是，萨特有了新的感官生境，热情的祖父成了孩子心理复原的支柱。萨特身体羸弱，不能去学校，就在家中学习。没有社交，他就一头扎进文字的世界，成了一名知识健将。尽管不是一名成绩优异的学生，却在之后不久成为一个流派的领军人物。萨特十三岁时，母亲再婚。此时的萨特已经用文字弥补了父亲的空缺，因此不再需要依恋继父。只有在文字、戏剧和小说的世界里，他才觉得自在。他不喜欢运动，不在乎朋友，也不关心法国抵抗运动，因为 1939 年，这位三十四岁的哲学家尚未被招募入伍。世界在他眼中不过是令人恶心的无力的存在，只有文字才是唯一洁净的港湾[8]。他的写作风格体现了他在创伤和战争之间构筑起的联系[9]："我要用我悲惨的境遇编织幻想……讲述我对资产阶级的厌恶……想象一些可以用来指控侵害者的证据。"

遣词造句能帮助我们走出悲伤并重获生机："每次我提笔书写，文字就汇流成诗……我终于明白，诗歌就是我的悲怆之语。"[10]

第三十五章
诗歌，悲怆之语

被创伤侵袭之时，受惊的大脑不再处理任何信息，徒留一片空白。要填补精神世界中的这个空洞，就必须借助文字的力量。

死神是来自德国的大师

他叫把小提琴拉得更低沉些

这样你们就化作烟升天

这样你们就有座坟墓在云中

清晨的黑牛奶，我们在夜间喝你。[1]

在很多情况下，失去珍爱之人会催生写作的欲望，唯有写作能带人走出无法表述的痛苦深渊。弗里茨·佐恩（Fritz Zorn）知道自己即将被癌症夺去生命时燃起了内在的星星之火，在思考中静待死神[2]："回忆悄然潜入……与其他事件同时向我袭来。事故发生之后……对后续进展以及救援的回忆、对眼下安全的感知，都与刚刚过去的危险交织在一起。"[3]19 世纪，弗洛伊德就已用他自己的语言说明了今天神经学所定义的现象，我们或可这样总结：记忆系统害怕空白，于是当意识恢复之时，前后记忆会互相交织、连通，进而填补空缺，并使对过去的描述变得严密、协调。

写作是在纸上构建与创伤性分裂相抗争的现实。"我想，强迫我进行写作的正是对发疯的畏惧。"[4] 但是，如果所书所写没有经过润饰，没有融入一个故事，没有与其他记忆发生关联，而仅仅只是不断复述过往的不幸，那么，它就只能加剧绝望。普里莫·莱维选择陈述"最沉重、最惨痛、最重要的故事"："引入……一些对我来说轻描淡写的……对话，在我看来毫无意义。"[5]

心如死灰之时，书写的欲望空前强烈："如果我没有进过奥斯维辛集中营，可能永远都不会写作。"[6] 但对作者来说，选取最为沉重的片段进行书写无疑是巨大的折磨："这就意味着要唤醒回忆，进行思考，这并不明智……唤醒回忆是最痛苦的体验……回忆的心酸，自觉为人的折磨。"这些从阅读中随意截取的话语都指向了同一个行为——写作："于是，我拿起纸和笔，写下无法言说的回忆。"[7]

对于那个独占了我们的记忆甚至掌控了我们全部意识的事件，我们怎么能不进行叙述呢？我们总是着迷于酷刑、寒冷、饥饿、伤痕和即将到来的死亡，若是出于礼貌，我们应该对这些话题只字不提吗？这样的沉默会造成人际关系的混乱。普里莫·莱维的文字不具有治愈效果，因为他没有对过去的事件进行再构思和再关联，也没有改变描述的方式。他认为："文风的选择纯属无稽之谈……在我看来，愤怒是压倒性的主题……我要让写作成为一种控诉。"他之所以写作是为了走出沉默，摆脱噩梦，但"创伤的回忆……本身就会伤人，回忆总让人感到痛苦"[8]。普里莫·莱维本可以对奥斯维辛的回忆进行改写，但他却执意表达愤懑并控诉侵害者：他就这样亲手加剧了自己的痛苦。

为什么囚徒们会在牢房的墙壁上写下某个名字、某句话或是某个日期？那是为了让缺失的生活片段在被囚期间重现。有时候，失去的痛苦会在心中蔓延，证明我们还活着。当失去了一切，也就没有痛苦可言了。这就是为什么乡愁会是一种迷人的忧伤：我们思念儿时的故土，我们回忆过去的欢乐。囚徒的涂鸦是他们身心仍在的证据，借在墙上书写，他们体会到一种苦痛的幸福。[9]

在创伤记忆里，使人受到创伤的事件没有丝毫改变。周而复始，日夜萦绕，让人难以脱身。当记忆恢复健康，它就会重新获得发展，将不同来源的回忆串连起来，并与现实的生活建立联系。记忆发生了改变，一切重启。"同一件事不会原原本本地发生两次，一次是在现实中，一次是在记录里……不过，为了使记录能够反映事件，还是应该让事件再次上演……这时，事件本身已经被记录改变了面目……不再是原来的模样……然而记录的魔力就在于，记录的情况很快就会被人们认定为事实……就这样，记录的内容代替了真实的过程。"[10]

每个人都有改写过去的天赋，这种天赋是心理复原的要素。那些承受着心理创伤的人因囿于过去而失去了改写的自由。这种可以拯救我们的自由也是我们对待过往事件的自由。但是这又有什么关系呢？重要的是活下去！

作为人类，我们承受着双重痛苦：第一层痛苦来自现实对我们的打击，第二层痛苦来自我们对打击的描述："为什么他要对我这么做？我有罪……我受到了惩罚……我要如何走出绝境？"为了摆脱伤痛，我们既要解决现实问题，也要处理对现实的描述。当一个遍体鳞伤的士兵从战场归来，他既要治愈身体上的伤病，也要思考当旁人询问他的遭遇时他要如何讲述。如果他沉默不语，拒绝倾诉，会让对方觉得不适、古怪，甚至引发敌意。如果他喋喋不休，口不择言，又会让对方陷入他的骇人经历，对方会疏远他，以避免感染他的不幸。

伤者的英雄事迹既治愈了讲述者，也治愈了倾听者。当现实变成了故事，当恐怖的场景变成了让人心碎或感化人心的叙述，深受触动的人群就会接纳主人公并帮助他再次融入社会。[11] 由此，深沉的绝望转化成喜悦的赞歌。[12]

贝多芬还没到三十岁听力就渐渐衰退了，这不可谓不是一场悲剧。他诅咒上帝，自暴自弃，唯一的宽慰就是期待死神降临。他立下遗嘱，准备赴死。1824 年，年过五十岁的贝多芬在维也纳皇家剧院指挥演奏了《欢乐颂》。演出结束，他听不到人们热情的欢呼和如雷的掌声，直到一位独奏者示意他转身。贝多芬并不知道，在他寂静的世界里宣扬起了激昂的乐章，使人感受到了他狂热的生存欲望。

先天和后天失明的人，以及生活在昏暗环境中、缺少刺激大脑枕叶的视觉信息的儿童，会通过加强处理声音信息的大脑颞叶活动来弥补视觉的缺陷。用日常用语来表述就是：因为他们的视觉不好，所以听力就会变好。这涉及的是心理复原还是内环境的稳定性呢？当他们学习盲文时，调动的不是负责触觉的大脑顶叶，而是负责视觉的大脑枕叶：通过触摸凸起的盲文，他们用指尖进行观察。

失去是否也会引起类似的补偿效应？幻想和书写能填补逝去之人留下的空白。悲悼和情感匮乏会激活其他感觉方式。当感觉缺失，大量而丰富的描述可以扼制内心的苦闷。贝多芬在乐谱上胡乱涂写，"这个乐章唤起了我的绝望"[13]，他编写流淌的乐句，表达异常的欢乐，以此对抗无声世界的痛苦。

我们要区分书写的三种类别：

● 书写痕迹：事实在我们的大脑中留下了印痕，影响着我

们对世界的认识。对此我们并无意识，却能用文字进行
转述。

- 书写回忆：我们有意地从过去的经历中寻找画面和词
  句，进而写成故事。
- 书写周围：当我们自述的故事与周围的叙述相一致时，
  我们就会有一种被环境认同的归属感。相反，当自我叙
  事与集体叙事、家庭叙事或文化叙事背道而驰时，我们
  就会感觉再一次地遭到了排斥和抛弃。

第三十六章
书写痕迹

弗洛伊德在试图给心理机制功能提供一种神经学模式时，曾谈到"易化"（frayage）[1]。"从一个神经元到另一个神经元的通道的刺激必须克服一定的抗阻：……（而后它会）偏向于选择易化了的道路而不是非易化的通道。"[2]

弗洛伊德所预测的大脑回路现象被 1981 年获得了诺贝尔生理学或医学奖的两位神经生理学家证实了。[3] 他们在几只小猫的左眼上放了遮挡，这导致了处理视觉信息的大脑右侧枕叶机能出现衰退。然而，在其他小猫的右眼上放置遮挡时，其大脑左侧枕叶出现衰退。由此可以证明，大脑的这一部分功能深受外部环境的影响。先天失聪的儿童刚开始能清晰地发音，但由于听不到有声的回应，他会终止发声，这会刺激他通过练习辨认面部表情来弥补这一缺陷。[4] 也就是说，大脑的机能是由环境塑造的，一旦某种机能出现缺失，作为补偿，另一种机能就会加强。

只有存在情绪，记忆痕迹才会在大脑中传递。而要有情绪，就必须存在关系。孤立的个体体会不到刺激大脑感知外部世界的情绪。当外部环境塑造了大脑并使其对某种信息尤为敏感时，当某种感官缺陷致使另一种感官机能大为增强时，大脑被塑造的方式就决定了被感知的世界的面貌。在没有关系或是关系单一的环境中，个体会因缺少记忆而无从表达。如果要求他讲述过去，他只会闭口不谈或编造一个过去以填补记忆的空白。与此相反，如果个体在一个感官丰富的环境中成长，大脑就会对这些信息极为敏感。他会敏锐地捕捉到关于侮辱、战争、家庭聚会或流放等事件的信息，并以此作为自我叙事的主题。他觉得他是在谈论真实的世界，其实他只是在谈论世界给他留下的印象。

幼年时期，神经突触联结尤为活跃（每分钟二十至三十万次），因此环境对大脑的塑造也极易实现。没有人会留下自己从妊娠二十七周开始直至出生后二十个月会说话时为止的记忆。[5]不过，正是在这一期间，神经回路留下痕迹，使我们感知到某种形式的世界。对记忆痕迹的叙述是严密而有逻辑的，它体现了我们感知世界的方式。换一种环境，换一种塑造方式，大脑就会感知到一个不同的世界，从而做出同样真实却内容不同的描述。

将感觉付诸笔端本就是一种对真实的背叛，因为如何遣词造句取决于作者的个人才能，取决于他的表达丰富程度以及他所面向的受众。比如，同样是讲述美国纽约的"9·11事件"（2001年9月11日），当我面对的分别是一位做调查的历史学家、一位做笔录的警察、一位向我提供帮助的心理学家或一位税务稽查员时，我选择的措辞必然不同。[6] 沉默的听众虽然不知道发生了什么，却也参与到了讲述者的创作中。经历了一场惊心动魄的事件之后，大部分的当事人都需要讲述。讲述的关键不在于还原事实，而在于使讲述者通过自己的语言整理混乱的思绪，安抚躁动的内心，并重建自我世界的秩序。通过向听众讲述，当事人恢复平静，不再感觉孤单。在此过程中，悖逆真实在所难免，这是平复创伤要付出的代价。叙述是一种再创作，而改写对事件的描述会治愈人心。患有精神创伤综合征的人只会不断地重复恐怖的画面，加深创伤的记忆。通过讲述、书写、摄影和绘画等手段对创伤进行改写，就是让自己重新融入社会。我们，人类，是最擅长通过欺骗来治愈自我的物种。

人类制造的欺骗须是美好的、骇人的或意外的，这样才能被刻入记忆并成为自传的基础。这就是为什么童年时期的故事会塑造孩子的精神世界：通过向他们讲述不同生命主题的故事——或恐怖、或有趣、或美好、或神秘、或动人，以及虚构的情境，告诉孩子们如何生活。

当孩子得知每天早上驴粪都会变成黄金，厩内的垫草上会覆满金币，变得不再肮脏，他的世界就将变换色彩，从污泥遍布到满是珍宝。当王后给公主穿上华丽的裙子，她告诉孩子，国王，即公主的父亲，会对她投以觊觎的眼神。后来，公主为了保护自己而披上驴皮，变成了邋遢的女仆。龙王子又发布了让孩子难以理解的奇怪禁令：红玫瑰和白玫瑰只能吃下其中一朵，如果把两朵都吃下去，你将会为此悔恨。[7] 通过这样的情节，孩子感受到法令的威力，体会到一种无意义的情感和权力的专断，他长大后将会明白这种专断的效用。蓝胡子的妻子手持小小的钥匙，颤颤巍巍地打开了那扇禁止开启的大门，她的违逆让蓝胡子起了杀意。幸运的是，她的姐姐安娜看见了远处的两团扬尘，那是她们的两个哥哥，一位是龙骑士，一位是火枪手，他们赶来救妹妹，并最终杀死了蓝胡子。当故事里说："如果是个女孩，水神会娶她为妻；如果是个男孩，水神会把他处死。"孩子们就会明白，在他们要生存的社会里，女孩会受到侵犯而男孩会受到打击。[8] 讲述一则恐怖故事可以向孩子解释如何通过象征的手法转化恐惧，而编写一个恐怖故事就是要驾驭恐惧，掌控未知的恐慌。这就是创造与重复的不同之处。

自然界也畏惧缺失，比如植物偏爱有阳光的地方。小狗也会因夜晚一片漆黑而整夜吠叫，这时，狗妈妈的陪伴、主人的安抚或仅仅是被子里闹钟隐隐约约的滴答声，都能变成它熟悉的信息，并刻入它的记忆。同理，一条围巾、一只玩具熊、一个奶嘴或一角咬在嘴里的被子就能安抚不安的孩子，因为这些都是他熟悉的东西，让他很有安全感。母亲不在身边时，孩子就会发明一个情感过渡品[9]来填补空缺。这种小小的创造行为可以帮助孩子承受依恋对象的缺失，不再被虚无带来的焦虑折磨。婴儿总有偏爱的物品，这表明他在学会说话以前就开始训练自己寻找一个象征，以替代缺失的依恋对象。

缺乏现实依恋对象的孤儿必须做出明确的选择：继续活在虚无当中，或寄情于想象中的对象。瓦格纳只有五个月大的时候就失去了父亲，他的母亲伤心欲绝，当时，小瓦格纳的感官生境必然是贫瘠的。为了继续生活下去，幼小的他以幻想作为失去父亲的补偿。他虚构了与一位大人物之间的象征性的关系：大诗人莎士比亚成了他幻想中的父亲，作为对失去父亲的回应。当我们再也感知不到父亲并将其遗忘，天空也会晦暗无光；如果我们能对他做出清晰伟岸的描述，就能找到前行的道路。这或许就是为何父亲在远走他乡或奔赴战场之后总能成为孩子心中的英雄，但当他日日陪伴孩子身边时却显得平淡无奇。经历悲伤之后，我们往往会把缺失的对象英雄化。当他已不在这个现实的世界，我们就会在想象的世界中将其升华。

自然和内心世界都畏惧空虚，而幻想是填补空虚的最佳选择。我们藏匿在幻想中自得其乐，体会各种浓烈的情感，比如美妙的绝望、极致的怨恨。我们不会因这些情感备受折磨，因为我们知道它们不是真实的场景，而只是自导的影片。于是，我们说我们做出了选择，但其实应该说它本来就在我们的内心深处。一次际遇或一个敏感的瞬间把我们拽入虚无或拖入创作。通过书写幻想，我们将生存的体验置于虚空之地。但我们不会无中生有，于是我们翻找、搜寻、篡改现实的片段，进而撰写一部小说（关于自我的神话），或奢华、盛大、浮夸、比现实更为真实的歌剧。这一切都在虚构的故事里被建构，我们会寻找一些逻辑严密的理由使它变得真实可信。得益于叙事逻辑，我们解释了自己的无意识动机，使其合理化。在杜撰了一个幻想、一个身份、一个自我的故事或描述后，我们释然了，因为它带我们走出了空虚和混乱。我们适应了这种幻想的存在，并围绕它安排我们的生活。

玛丽·雪莱创造了弗兰肯斯坦，并通过这个科学怪人的形象呈现了她以"失去"为主旋律的短暂而悲剧的一生。[10] 玛丽出生后不久，母亲就病逝了，这使她一直抱有"自己的出生害死了母亲"的想法。在严苛的继母照料下长大的玛丽极度缺乏安全感。十五岁那年，她遇到了已婚诗人珀西·雪莱，陷入了一场暴风骤雨般的爱情。十六岁的时候，她怀孕了，于是跟着雪莱躲到了拜伦在莱蒙湖边的别墅里。她先后生下三个孩子，却都不幸夭折。一天晚上，拜伦提议宾客们编写幽灵的故事。这对玛丽来说不费吹灰之力，形同枯槁的她要做的就是将四位亡者付诸笔下。她回想起她七个月大就离开人世的孩子，那时她拥抱着他，抚摸着他，想再度把他唤醒。她只要将孩子消散的生命注入自己创造的怪物体中即可，因此她的创作不是无本之木，她将哀悼转化为幻想，创作了能与他人分享的科幻故事。

书写噩梦的文学作品往往异常精彩。读了陀思妥耶夫斯基的小说，我们会感受到在杀害了一位上了年纪的女士之后无边的焦虑。与波德莱尔同游，我们会坠入不知是地狱还是天堂的深渊。阅读莫泊桑的作品，我们会嗅到人际关系散发出的腐臭气息。安托南·阿尔托为了走出地狱而笔耕不辍。维克多·弗兰克尔告诉我们，在承受了长时间的折磨后，我们会如无力的幽灵一般步入死亡。

　　当一位作者把自己的内心世界写在纸上，他的内心就变成了独立于他自己的外部存在，可以被细致地观察。这或许就是让-雅克·卢梭的《忏悔录》诞生的原因："我让我的母亲付出了生命的代价，我的出生就是我不幸的开端。"[11] 害死了赋予我们生命的人，这样的罪孽要如何赎清呢？杀害一个陌生人尚且说不过去，杀害自己的母亲更是滔天大罪！背负这样的罪责，还想被社会接受，就必须受罚、自惩、忏悔。要想向同类展示自己是个"完全真实自然的人"，就必须将真相和盘托出。母亲的离世扰乱了卢梭最初的感官生境。为了继续生存，他找了一些依恋替代者：用爱和音乐包围他的姑姑和女仆。他的记忆里留有这种情感紊乱的痕迹，却没有实质的内容。他最早的记忆停留在六岁那一年，当时，在悲痛中无法自拔的父亲对他怒吼："你杀死了你的母亲，你从我身边夺走了她，把她还给我！"

　　在听到这句话以前，卢梭的记忆是由无意识的痕迹构成的。

不过，他偏爱威严专横的女性或许也是这个原因。华伦夫人并不美貌，温柔多情的她称卢梭为"孩子"。有一天，在尚贝里，她对卢梭说："我要做你的情妇……你有一个星期的时间做准备。"卢梭坦诚道："我是如此爱她，以致从不敢有非分之想。"这不正是常人对母亲怀有的感情吗？正是因为过于珍视，才不会产生任何情欲。"我不知道是什么看不见的悲伤荼毒了这段感情的魅力……我居然和一位像我'妈妈'一样的女性同居了。"后来，卢梭逃到了蒙彼利埃，并遇到了拉尔纳热夫人，他感觉这次的关系要"好上百倍"[12]。当性欲让人焦虑，就应该避开所爱之人，或者应该用自惩来赎清快感的罪孽。

第三十七章
书写回忆

　　我们的大脑每天都会接收到不计其数的信息，并非每一条都会留在我们的生物记忆里，不过，对于那些痛苦的回忆，我们总是感受深刻。[1] 为了进一步证实这个观点，巴德利（Baddeley）做了一个实验，他给实验对象们展示了三组照片，一组令人精神愉悦，一组令人感到恐惧，另一组则不带任何感情色彩。大家猜想一下，一周之后他们会记住哪组照片呢? 最后只有恐怖的照片催生了记忆。[2] 愉悦的照片和中性的照片被记忆抹去了。这就解释了为什么创伤记忆会尤为深刻。如果不想被过去的不幸所支配，或是想让自己再次展颜欢笑，就需要从记忆中搜寻其他真实的图景或事件来掩盖痛苦的回忆。这种对自我分析的改写活动并不是一种谎言，因为通过无意识地构筑另一个现实，我们才能编写出乐于与他人分享的明朗故事。

　　被困过去的囚徒无法进行幻想和虚构。一旦遭遇剧烈的创伤，恐怖的画面就会反复浮现，占据他们的记忆，侵入他们的内心，导致他们无法思考、欢笑、爱和工作。

若孩子每天都遭受捉弄和辱骂，对于这种潜在的且时常发生的创伤，他不一定完全能意识到。当他习惯了这种虐待之后，他不会对此留下精确的记忆，但会在脑中形成一个晦暗焦躁的世界，在这个世界里，他自我贬低，并一直期待不幸事件的发生，这就是他感知世界的方式。[3] 如果每天都承受打击，就会习惯于打击。如果每天都遭受侮辱，就会习以为常。有些受过侵犯的女性认为自己就该有这样的遭遇，往往也会任由自己再次受到侵犯。

这些事件在大脑的记忆区域内流窜：遭遇剧烈的创伤时，与边缘系统相连通的前额叶充斥着恐怖的画面。不再受到抑制的杏仁核不断地向扣带回的前部区域发送警告信号，个体因此而不停地回顾恐怖的画面，进而产生难以忍受的情绪——数年之后仍会觉得这一切"历历在目"。记忆的这套机制尤为明显地体现在闪回现象中：恐怖的画面突然出现，占据了个体的内心世界。

若长期遭遇创伤，这种记忆程序会更活跃，因此也更深刻，但创伤的痕迹是在经年累月间慢慢形成的。这种自上而下的信息处理过程使大脑优先感知到不幸的信息。经常被打击、被动摇、被贬低的孩子更擅长辨认那些充满敌意的面孔，而想不起人们曾经对他展露的笑脸[4]。

今天，我们可以证实，通过与信任的对象谈话，或者书写基于伤痛记忆的故事，我们学会了以另一种方式看待世界，掌控负面的情绪，并修正对恐惧的描述。[5] 或许正是因为改写了描述，背叛了真实，我们才从沉重的过去中解脱出来。既然每个人都有属于自己的"真相"，那么改变"真相"也未尝不可。

无法言说创伤时，我们会像被掠食者围捕的困兽一样作出身体上的反抗。困兽首先会试图逃跑（或飞走）。一旦被捕，被恐惧震慑的它会一动不动（呆滞），而后突然发起反击以自卫（斗争）。[6] 人类对动物的遇险反应十分了解，但与动物不同的是，生活在语言环境中的人会选择用话语逃避、进攻或迷惑对方。他们可以将创伤转化为描述，藏匿在文字背后进行复仇或为自己辩护。

第三十八章
描述的一致与分歧

　　人们很早就知道了某个事件会在大脑中留下痕迹，用威廉·詹姆斯的话说，留下一道"伤痕"[1]。环境印记会影响个人成长的轨迹。正是带着被环境"塑造"的大脑，个体与外部环境之间建立起交流。根据事件发生之前大脑中形成的保护性因素或脆弱性因素，相同的情境会对个体产生不同的影响。创伤过后，根据外部环境所提供的复原力量的强弱，个体新的成长也将会不同。早期的外部环境塑造了大脑，而当下的文化结构或剥夺了个体的话语，或促成了个体的叙述。

　　创伤性记忆是由于对创伤性事件的集中关注而产生的。创伤性事件激起了极其强烈的情绪，悲剧画面映入了整个大脑，其细枝末节都如同被置于放大镜之下，显得尤为清晰。这些清晰的画面掩盖了其他与生存无关的信息。所有不确定和错误的信息都存在于画面的光晕及含糊的言辞之中。周围听众的反应决定了故事的走向。[2] 当身边之人聆听故事时，讲述者的记忆会因自己曾对某人的讲述而得到增强。这份记忆也已被简化，因为我们不能每时每刻都言无不尽，所以只能缩减用词。事件经由讲述者强化和简化，这就是虚构的过程。一旦我们将某个悲剧公之于众，它就变成了虚构的故事。

听众或读者也参与到了故事的创作当中，因为他们只会关注故事中能与他们自身经历共鸣的部分：一部小说"集合了个体在描述自己和世界的过程中所组织和积累起来的全部认知"[3]。我们生活在一个充满无限假设的舞台上，假设的形式各有不同。我们只相信自己构想的世界，因为那才是我们的切身体会。

在出生之前，胎儿也会受到叙述的影响，因为这些叙述已经先一步造成了母体情绪的波动。当母亲由于自身的经历、伴侣的影响或社会环境的动荡而变得焦虑不安时，就会分泌过多的压力激素，从而改变胎儿的基因表达。[4] 当胎儿来到人世，他就已经处在了父母的文化语境之下。西方社会极为推崇个人的冒险与探索，在这种环境下，父母会为了孩子的健康成长而把他独自留在漂亮的房间里，然而，由于缺乏熟悉的刺激，孩子的情感世界会变得脆弱。在非洲或亚洲文化中，家庭成员绝不会让婴儿独自待在房间，他们会围绕在婴儿身边，为他构建一个稳定、丰富的感官生境，给他提供足够的安全感。父母的态度、手势、微笑以及非言语的斥责构成了他们与婴儿之间的情感互动，促进或抑制着婴儿的成长发育。

当孩子学会聆听之后，他会沉浸在他未曾经历却真实可信的描述中："我们家族里的男人世世代代都是水手。"到了学会说话时，他每天都会听到关于自己的身份及如何在家庭和社会中定位的描述。[5]

在一个人们可以轻松肆意交谈的环境中，孩子被指示物件、规定行动及讲述故事的言语所包围着。[6]这些言语及故事展现了不同的人物（"从前有一位公主……"），描绘了危险的局面（她违背蓝胡子的命令，打开了那扇房门），并提供了解决办法（多亏了之前撒下的白色小石子，小拇指又回到了父母身边）。围绕在孩子身边的谈话主题可能是生存的艰辛、坏人的恶行及最终的胜利。这样的大众心理学具有教化感染的功效，因为它"传达展现了合乎道德规范的精神结构"[7]。为了更好地理解这些故事，孩子们要再现这些场景。他们玩打仗游戏，扮演医生与病人的角色，还喜欢过家家，以此来为日后的社会生活与考验做好准备。

当孩子确认周围的环境与他听到的描述相一致时，他会觉得一切都处在正常状态，没有什么表达的必要。但是，当他遭受了痛苦的创伤，他会发现自己想要描述的与他人的并不相同。他的经历与依恋对象的描述发生了分歧。在这种情况下，对他而言，讲述即意味着与保护他的人作对。为了维系一段让他已产生了安全感的关系，孩子选择了沉默。但是，他会觉得自己受到了欺骗，因为依恋对象告诉他的与他亲眼见到的并不吻合。"信任遭到了背叛"[8]，不安的感觉再也无法消弭，父母失去了带给孩子安全感的能力。沉默的创伤主体无法转化自己的痛苦，也无法为痛苦找到一个意义并与他人分享。当一个人什么都说不出来，便会觉得自己在这世间孑然一身。

任何一个解释都是一种安慰，无论是奇幻的、宗教的、哲学的还是科学的，都会重构破碎世界的一致性。孩子会依据他找到的解释思考新的行动。知道了自己该做什么，就能重拾自信。

成年人的叙述为孩子呈现了一个世界。当言有所指，且言与物一致，行为就会符合规范和道德。一切井然有序，必然无话可说。既然在可预见的世界里，不会有出格的事件，那么，还有什么好谈论的呢？当突发意外打破了常规，被扰乱的精神世界就需要通过叙述来重建一致并引导行为。

第三十九章
书写的教益

当我们处在有约束的环境中，我们会慢慢适应绑着手脚生活。终其一生，我们可以只表述别人愿意听的内容，为自己的灵魂构筑一座地穴。这样的枷锁在现实中并不罕见。如果一个失去父母的孤儿不想生活在一片空白的世界里，他就必须幻想出一个家庭来填补空缺，并为自己的努力找到意义。一个同性恋者必须对自己不为主流社会认同的性取向缄口不言，以免伤害身边之人。这种约束会使他过上双重生活：一种是为社会所接受的，一种是更为私密的。在私密的生活状态下，他一方面为了能做回自己而感到幸福，一方面又因为自己的与众不同而倍感痛苦。

身陷囹圄才会愈发渴望自由。那些拥有完整的家庭、符合主流观念的性关系和人身自由的人经常会主动选择让自己面临一些考验，比如一场极限旅行、一次特别援助或一个智力挑战，从而获得讲故事的素材。被选择的考验提供了待创建的约束，正如杰克·伦敦在他的探险和文学传记里描写的那样：为了找到创作的主题，这位喜欢冒险的作家总让自己置于极端状况下，比如严寒、风浪、战争。[1]

1960 年，雷蒙·格诺创办了文学社团乌力波（l'Oulibo，即潜在文学工场），在这个社团里，一群作家从符号学的角度对自己的创作进行规定和限制，从而激发新的创造力。[2] 诗歌就是一种受到限制的文学形式，为了让朗诵者感到愉悦，诗人必须找到合适的韵脚、顿挫、音律及铺陈。音乐、电影、戏剧、漫画及歌谣都是这种限制所催生的产物。对语法或技巧设置的障碍让我们发现了意想不到的创作之路，同时也让我们打破常规，避免了因机械的重复而导致的内心麻木。

生命中的创伤、缺少和失去促使我们通过创作建立起另一个更为舒适的世界，黯淡的灵魂因此重放光彩。痛苦孕育了创造性，写作集合了主要的心理防卫机制，如理智化、幻想、合理化、升华。

喊出自己的绝望并不是一种书写。我们应该做的是找到可以描述悲伤的词语，进而以旁观者的身份更好地观察悲伤。我们要把不幸搬上舞台或写进书里，改写对不幸的表达。观众的掌声或读者的理解将会证明，不幸已被转化成了艺术作品。只有在快乐的人群中引发兴趣或激起他们情感上的瞬间共鸣，受伤的人才会重新融入快乐的世界。在孤独中写作是为了不再感到孤独，这是一个想象性的活动，它背叛了现实，因为它让现实变得可以分享，同时，它也缔结了作者与未来读者之间的亲密关系，抚慰了作者。[3]

然而，写作不是一种治疗手段。经受过不幸折磨的作家再也不会像过去那样身心健康，写作只能帮助转化痛苦。提笔写作之前，我有如游荡在迷雾中的幽灵，不知身在何处，不知去向何方。拿起纸笔之后，我的眼前一片豁然开朗，我不再孤单，也不再迷惘。然而我的伤痛并未痊愈，它在我的肉体、灵魂和过往上都留下了难以磨灭的痕迹。我的不幸塑造了我的个性。我感知到的一切——物体、地点、房间等，都让我想起不幸的过去，但我不会再因此而饱受折磨，因为我找到了生存的意义，我的内心世界有了新的方向。在我开始书写自己的不幸之后，我看待不幸的视角发生了改变："与口述行为相比，写作行为的象征性效应和痕迹效应更为显著，也更能促使人客观、平静和坦诚。"[4]

不幸一旦侵入了内心，就不会消散。但是，因其文字的技巧、语法的规则和分享的意图，写作可以转化伤痛。写作对象独立于写作者而存在，它是可以被观察到的，也是容易被理解的。当情感不再攫取全部的意识，我们就可以掌控它。将写作对象置于他人的目光之下，写作就成了连接自我与他人的桥梁。

这时，所有人都会知道，我不再是孤身一人。通过写作，破碎的自我得以修葺。身处黑夜，我以我笔书写太阳。

1. Sylvestre A. , *Coquelicot et autres mots que j'aime*, Paris, Seuil, 《Points》, 2014.

第一章　用以缔结关联的词语

1. Char R. , *Lettera Amorosa*, Paris, Gallimard, 1953.

2. Tillion G. , *Une opérette à Ravensbrück. Le Verfügbar aux Enfers*, Paris, Seuil, 《Points》, 2007.

3. Sylvestre A. , *Coquelicot et autres mots que j'aime*, *op. cit.*, p. 11.

4. Pantchenko D. , *Anne Sylvestre*, Paris, Fayard, 2012, p. 44.

5. *Ibid.*

6. Sylvestre A. , *Coquelicot et autres mots que j'aime*, *op. cit.*, p. 15 - 16.

第二章　词语所呈现的世界

1. Despret V. , 《Habiter le monde autrement, avec des animaux》, conférence au Collège méditerranéen des libertés, Toulon, le 24 avril 2017.

2. Pessoa F. , *Le Livre de l'intranquillité*, Paris, Christian Bourgois, 1999, p. 68. 编者注：中译名为《惶然录》(费尔南多·佩索阿著)，中国文联出版社于 2014 年出版。

3. Cyrulnik B. , *Sauve-toi, la vie t'appelle*, Paris, Odile Jacob, 2012. 编者注：中译名为《走出悲伤》(鲍里斯·西瑞尼克著)，广西科学技术出版社于 2013 年出版。

第三章 偷走情感的大盗

1. Bowlby J. , 《Some pathological processes set in train by early mother-child separation》, *J. Ment. Sci.*, 1953, 99, p. 265-272.

2. Laplaige D. , *Sans famille à Paris. Orphelins et enfants abandonnés de la Seine au XIXe siècle*, Paris, Centurion, 1989, p. 7-8.

3. Cité in D. Laplaige, *Sans famille à Paris*, *op. cit.*, gravures p. 64-65.

4. Jablonka I. , *Ni père ni mère. Histoire des enfants de l'Assistance publique (1874-1939)*, Paris, Seuil, 2006.

5. Jean Cortet (camarade de classe) cité in I. Jablonka, *Les Vérités inavouables de Jean Genet*, Paris, Seuil, 2004, p. 44.

6. Dichy A. , Fouché P. , *Jean Genet. Essai de chronologie, 1910-1944*, Saint-Germain-la-Blanche-Herbe, IMEC Éditions, 2004, p. 59.

7. J. Genet, entretien avec P. Vicary (1981), cité in P.-M. Héron commente, *Journal d'un voleur de Jean Genet*, Paris, Gallimard, 《Folio》, 2003, p. 232.

8. Jablonka I. , *Les Vérités inavouables de Jean Genet*, *op. cit.*, p. 51.

第四章 世界观的传承

1. Lejeune A. , Delage M. , *La Mémoire sans souvenirs*, Paris, Odile

Jacob, 2017.

2. Spitz R. , *La Première Année de la vie de l'enfant*, préface d'Anna Freud, Paris, Payot, 1946.

3. Nelson C. A. , Nathan A. F. , Zeanah C. H. , 《Cognitive recovery in socially deprived young children: The Bucarest early intervention project》, *Science*, 2007, 318, p. 1937 - 1940.

4. Alisa A. *et al.* , 《Effects of early intervention and the moderating effects of brain activity on institutionalized children's social skills at age 8, *Proceedings of the National Academy of Sciences*, 2012, 109 (2), p. 17228 - 17231.

5. Loas G. , 《Anhédonie》, *in* Y. Pélicier, *Les Objets de la psychiatrie*, Bordeaux, L'Esprit du Temps, 1997, p. 45 - 46.

6. Cohen D. , 《The developmental being》, *in* M. E. Garralda, J. P. Raynaud (dir.), *Brain, Mind and Developmental Psychopathology in Childhood*, New York, Jason Aronson, 2012, p. 14.

7. Cyrulnik B. , 《Déterminants neuro-culturels du suicide》, *in* P. Courtet (dir.), *Suicide et environnement social*, Paris, Dunod, 2013, p. 147 - 155.

8. Alby J. M. , 《Alexithymie》, *in* Y. Pélicier, *Les Objets de la psychiatrie*, Bordeaux, L'Esprit du Temps, 1997, p. 33.

9. Xavier Emmanuelli, président-fondateur du Samu social, communication lors du séminaire à l'Institut des études avancées, Paris, février 2017.

第五章　躲在书本后面

1. Spitz R. , 《Anaclitic depression: An inquiry into the genesis of psychiatric conditions in early childhood, II》, *The Psychoanalytic*

Study of the Child，Ⅰ，1946，2，p. 313 - 342.

2. Dichy A.，Fouché P.，*Jean Genet*，*Essai de chronologie*，*1910 - 1944*，IMEC éditions，2004，p. 67 - 71.

3. Fraley R. C.，Shaver P. R.，《Airport separations. A naturalistic study of adult attachment dynamics in separating couples》，*Journal of Personality and Social Psychology*，1998，75（5），p. 1198 - 1212.

4. Ionescu S.，Jacquet M. -M.，Lhote C.，*Les Mécanismes de défense. Théorie et clinique*，Paris，Nathan，1997，p. 247.

5. Freud S.，《Les fantasmes hystériques et leur relation à la bisexualité》（1908），*Névrose*，*psychose et perversion*，Paris，PUF，1974，p. 143 - 148.

6. Bachelard G.，*Le Poétique de la rêverie*，Paris，PUF，1960.

7. White E.，*Jean Genet*，Paris，Gallimard，1993，p. 14.

8. Rimbaud A.，《Les poètes de sept ans》，*in Lettre à Paul Demeny*，10 juin 1871. 编者注：中译名为《七岁的诗人》，摘自《致保罗·德梅尼》（阿蒂尔·兰波著）。

9. Perec G.，*La Disparition*，Paris，Gallimard，1969.

10. Perec G.，*W ou le Souvenir d'enfance*，Gallimard，1975. 编者注：中译名为《W 或童年回忆》（乔治·佩雷克著），南京大学出版社于 2014 年出版。

第六章　失去与缺少不同

1. 阿蒂尔·兰波，《致保尔·德梅尼》（*Lettre à Paul Demeny*），又名《通灵者书信》（*Lettre du voyant*），1871 年 5 月 15 日。

2. 阿蒂尔·兰波，《致乔治·伊桑巴尔》（*Lettre à Georges Izambard*），1871 年 5 月 13 日。

3. Juliet C.，*Une lointaine lueur*，Paris，Éditions Fata Morgana，

1992.

4. Rémy de Gourmont, Rimbaud 《un poète souvent obscur, bizarre et absurde》, *Le Livre des masques*, Mercure de France, 1896, *in Arthur Rimbaud*, *le génial Réfractaire*, hors-série ñ 33 *Le Monde*, janvier-mars 2017, p. 72 – 73.

第七章 联觉

1. 阿蒂尔·兰波,《元音》(*Voyelles*),《地狱一季·彩画集》(*Une saison en enfer. Illuminations*), 1973。

2. Tammet D., *Je suis néun jour bleu*, Paris, J'ai Lu, 2009.

3. Bourgeois J. P., Rakic P., 《Changes of synaptic density in the primary visual cortex of the macaque monkey from fetal to adult stage》, *Journal of Neuroscience*, 1993, 13(7), p. 2801 – 2820.

4. Daléry J., 《Aspects cliniques: les effets à l'adolescence》, *in* J. Daléry *et al.* (dir.), *Pathologies schizophréniques*, Paris, Lavoisier, 2012.

5. Monroe M., *Fragments. Poèmes*, *écrits intimes*, *lettres*, Paris, Seuil, 2010.

第八章 书写文字,承受失去

1. 安娜·西尔维斯特,《北方的桥》(Le pont du Nord), 歌曲。

2. Orban C., communication personnelle, 《Printemps du livre》, Fondation Camargo, Cassis, 21 mai 2018.

3. Orban C., *L'Âme soeur*, Paris, Albin Michel, 1998.

4. Fontenelle L. F., Oliveira-Souza R. de, Moll J., 《The rise of moral emotions in neuropsychiatry》, *Dialogues in clinical neuroscience*, 2015, 17(4), p. 411 – 420.

5. 鲍里斯·西瑞尼克,《走出悲伤》,巴黎,2012。

6. Eustache F. (dir.), *Mémoire et émotions*, Paris, Le Pommier, 2016.

7. Catonné J. -M., *Romain Gary. De Wilno à la rue du Bac*, Paris, Solin-Actes Sud, 2010, p. 26.

第九章 偷窃和愉悦

1. Fonseca A. C., Damiao M. H., Rebello J. A., Oliviera S., Pinto J. M., 《Que deviennent les enfants normaux?》, Université de Coïmbra, congrès de psychopathologie de l'enfant et de l'adolescent, Paris, 29 octobre 2004.

2. Dayan J., 《Kleptomanie》, *in* D. Houzel, M. Emmanuelli, F. Moggio (dir.), *Dictionnaire de psychopathologie de l'enfant et de l'adolescent*, Paris, PUF, 2000, p. 381.

3. White E., *Jean Genet*, *op. cit.*, p. 40.

4. *Ibid.*, p. 44.

5. Témoignage de Louis Cullafroy, 《Un enfant de l'Assistance, camarade de classe》, *in* White E., *Jean Genet*, *ibid.*, p. 42.

第十章 化名——揭露内心的名字

1. Catonné J. -M., *Romain Gary*, *op. cit.*, p. 50 - 51.

2. Richter F., *Ces fabuleux voyous*, Paris, Hermann, 2010, p. 152 - 153.

3. Laplaige D., *Sans famille à Paris*, *op. cit.*, p. 9, p. 65, p. 67.

4. Rouanet M. *Les Enfants du bagne*, Paris, Payot-Rivages, 1994, p. 36 - 37.

第十一章 情感性研究

1. Spitz R., *La Première Année de la vie de l'enfant*, *op. cit.*;

d'après une conférence au Congrès de psychanalyse de langue romane, Rome, 22 septembre 1953.

2. Freud A. , préface, *in* R. Spitz, *La Première Année de la vie de l'enfant*, *ibid.* , p. V.

3. Freud A. , *ibid.* , p. VI.

4. Bowlby J. , Robertson J. , *A Two-Year-Old Goes to Hospital*, film, Tavistock Clinic, 1952.

5. Spitz R. , *La Première Année de la vie de l'enfant*, *op. cit.* , p. 117 - 118.

6. *Ibid.*

7. Bowlby J. , *Forty-four Juvenile Thieves*, Londres, Tindall and Cox, 1946.

8. Bowlby J. , *Soins maternels et santé mentale* (traduction J. Roudinesco), Organisation mondiale de la santé (OMS), 1951.

9. Mead M. , 《La carence maternelle du point de vue de l'anthropologie culturelle》 , *in* M. Mead, *La Carence des soins maternels. Réévaluation de ses effets*, Cahiers de l'OMS n̄ 14, 1961, p. 44 - 62.

10. *Adolescents en France* : *le grand malaise*, Rapport UNICEF, septembre 2014.

11. Dumaret A. -C. , Donati P. , Crost M. , 《Entrée dans la vie adulte d'anciens placés au village d'enfants. Fin des prises en charge, parcours d'accès à l'autonomie》 , *Sociétés et jeunesses en difficulté* (en ligne), automne 2009, 8.

12. Josefsberg R. , Doucet-Dahlgren A. -M. , Lepeltier C. , Duchateau L. , *Souvenirs et devenir des enfants accueillis à l'OSE. Recherche-action du CREAS ETSVP et professionnels de l'OSE*, Paris, Éditions Michèle, 2018.

13. Bowlby J. ，《L'avènement de la psychiatrie développementale a sonné》，*Devenir*，1992，4(4)，p. 21.

第十二章　堕落文人

1. Bouvier P. ，CICR-Croix-Rouge Genève，IVᵉ Congrès sur la résilience，Marseille，palais du Pharo，29 juin 2018.

2. Veil S. ，*Une vie*，Paris，Stock，2017.

3. Brassens G. ，《Chanson pour l'Auvergnat》，chanson.

4. Villon F. ，《Ballade des pendus》（1489），*Le Grand Testament*，Paris，FB Éditions，2015. 编者注：中译名为《遗嘱集》（弗朗索瓦·维庸著），华东师范大学出版社于 2010 年出版。

5. Richter F. ，*Ces fabuleux voyous*，op. cit. ，p. 28.

6. Mendel G. ，《Sade et le sadisme》，*in La Révolte contre le père*，Paris，Petite bibliothèque Payot，1966，p. 106.

7. Sade D. ，*Histoire de Juliette ou les prospérités du vice*（1801），Paris，Humanis，2015.

8. Sade D. ，*La Philosophie dans le boudoir*，op. cit. ，p. 129 - 130.

9. Richter F. ，*Ces fabuleux voyous*，op. cit. ，p. 71 - 72.

10. Beauvoir S. de，*Faut-il brûler Sade ?*，Paris，Gallimard，1955，p. 24. 编者注：中译名为《要焚毁萨德吗?》（西蒙娜·德·波伏娃著），上海译文出版社于 2012 年出版。

11. Pauvert J. -J. ，*Osons le dire. Sade*，Paris，Les Belles Lettres，1992，p. 126.

12. Perrier J. -C. ，《Genet enfin pléiadisé》，*Livres Hebdo*，2002，488，p. 24.

13. Sartre J. -P. ，*Saint Genet. Comédien et martyr*，*in OEuvres complètes de Jean Genet*，I，Paris，Gallimard，1952，p. 16.

14. *Ibid.*, p. 23.

15. Genet J., *L'Ennemi déclaré*, Paris, Gallimard, 1991, p. 298.

16. Genet J., *Miracle de la rose*, Paris, Gallimard, 《L'arbalette》, 1946, p. 372.

第十三章　过去的痕迹影响今日的感观

1. Ben Jelloun T., *Jean Genet. Menteur sublime*, Paris, Gallimard, 《Folio》, 2010, p. 83.

2. Bowlby J., *The Making and Breaking of Affectional Bonds*, Londres, Institut Tavistock, 1979.

3. Thomson R. A., 《Early attachment and later development》, *in* J. Cassidy, P. R. Shaver (dir.), *Handbook of Attachment. Theory, Research and Clinical Application*, New York, The Guilford Press, 1999, p. 267.

4. Genet J., *Pompes funèbres*, *in OEuvres complètes*, tome III, Paris, Gallimard, 1953, p. 128.

5. Zeanah C. H., Anders T. F., 《Subjectivity in parent-infant relationships: A discussion of internal working models》, *Infant Mental Health Journal*, 1987, 3, p. 237 – 250.

6. Bretherton I., Munholland K. A., 《Internal working models in attachment relationships》, *in* J. Cassidy, P. R. Shaver (dir.), *Handbook of Attachment*, *op. cit.*, p. 89 – 110.

7. Coutanceau R., *Les Blessures de l'intimité*, Paris, Odile Jacob, 2014.

第十四章　死亡赋予生命意义

1. Martinot J.-L., Paillère-Martinot M.-L., 《Neuroimaging and depression》, *LEN Medical*, 2007, p. 9 – 16.

2. Hölderlin F. , *Hypérion*, Paris, Flammarion, 2005.

3. Spitz R. , *La Première Année de la vie de l'enfant*, *op. cit.*, p. 116 – 120.

4. Kagan Y. , Pellerin J. , 《Grand âge, âgisme et résilience》, *in* L. Ploton, B. Cyrulnik, *Résilience et personnes âgées*, Paris, Odile Jacob, 2014, p. 245.

5. Russ J. , *Le Tragique Créateur. Qui a peur du nihilisme ?*, Paris, Armand Colin, 1998.

6. Lejeune P. , Delage M. , *La Mémoire sans souvenir*, *op. cit.*, p. 233.

7. Frankl V. , *Découvrir un sens à sa vie*, Montréal, Les éditions de l'Homme, 1993.

8. Allport G. W. , 《Préface》 *in* V. Frankl, *Découvrir un sens à sa vie*, *ibid.*, p. 10.

9. Frankl V. , *Donner sens à sa vie*, Montréal, Éditions de l'Homme, 1988.

10. Adler A. , *Le Sens de la vie*, Paris, Payot, 1998, p. 108. 编者注：中译名为《生命的意义》(阿尔弗雷德·阿德勒著），吉林出版集团于 2017 年出版。

11. Stewart S. , *Give us this day*, Londres, Staples Press, 1990.

12. Frankl V. , *Le Dieu inconscient. Psychothérapie et religion*, Paris, Interéditions, 2012.

第十五章　终结之后,便是重生

1. Mathevet R. , Bousquet F. , *Résilience et environnement*, Paris, Buchet Chastel, 2014.

2. Leakey R. , Lewin R. , *La Sixième Extinction. Évolution et catastrophe*, Paris, Flammarion, 1997.

3. Leakey R., Lewin R., *La Sixième Extinction. Évolution et catastrophe*, Paris, Flammarion, 1997, p. 323.

4. Lannoy F. de, *Pestes et épidémies du Moyen Âge*, Ouest France, 2016.

5. Ariès P., Duby G., 《La vie privée de notables Toscans au seuil de la Renaissance》, *Histoire de la vie privée*, tome II, Paris, Seuil, 1985, p. 176.

6. Ariès P., Duby G., *ibid.*, p. 485 – 495.

第十六章　哀伤和创造力

1. Cyrulnik B. (dir.), *La Petite Enfance*, Savigny-sur-Orge, Éditions Philippe Duval, 2016.

2. Danon-Boileau L., 《L'affect et l'absence aux origines du langage》, *in* J. M. Hombert, *Aux origines des langues et du langage*, Paris, Fayard, 2005, p. 292 – 301.

3. Robichez-Dispa A., Cyrulnik B., 《Observation éthologique comparée du geste de pointer du doigt chez des enfants normaux et des enfants psychotiques》, *Neuropsychiatrie de l'enfance et de l'adolescence*, mai-juin 1992, p. 292 – 299.

4. Danon-Boileau L., 《L'affect et l'absence aux origines du langage》, *op. cit.*, p. 300.

5. Minkowski E., *Le Temps vécu. Études phénoménologiques et psychopathologiques*, Paris, PUF, 1995.

6. Bonis L. de, *Évolution et extinction dans le règne animal*, Paris, Masson, 1991, p. 169.

7. Métraux J. -C., *Deuils collectifs et création sociale*, Paris, La Dispute, 2004, p. 50.

8. Girard R., *Des choses cachées depuis la fondation du monde*,

Paris, Grasset, 1978, p. 91.

9. LeDoux J. E. , Romanski L. M. , Xagorraris A. E. , 《Indebility of subcortical emotional memories》, *J. Cogn. Neurosciences*, 1989, 1(3), p. 238 - 343.

10. Panksepp J. , *Loneliness and the Social Bond*, New York, Oxford University Press, 1998, p. 261 - 279.

11. Bowlby J. , *Le Lien*, *la psychanalyse et l'art d'être parent*, Paris, Albin Michel, 2011.

12. Bacqué M. -F. , Haegel C. , Silvestre M. , 《Résilience de l'enfant en deuil》, *Pratiques psychologiques*, 2000, 1, p. 23 - 33.

13. Bourgeois M. -L. , *Deuil normal*, *deuil pathologique. Clinique et psychopathologie*, Paris, Doin, 2003, p. 13.

14. Garland C. , *Understanding trauma. A Psychoanalytical Approach*, 《The Tavistock Clinic Series》, Londres, Karnac, 2004, p. 18.

15. Freud S. , *Deuil et mélancolie. OEuvres Complètes*, tome XIII, Paris, PUF, 1994.

第十七章 奇特而又忧伤的愉悦

1. Perrot M. , 《Figures et rôles》, *in* P. Ariès, G. Duby, *Histoire de la vie privée*, tome IV, Paris, Seuil, 1985, p. 131.

2. Gay P. , *Freud*, *une vie*, Paris, Hachette, 1991, p. 448.

3. Catonné J. M. , *Romain Gary*, *op. cit.*, p. 25.

4. 维克多·雨果，"明日，拂晓"，《静观集》，1856。

第十八章 言语的缺失刺激欲念

1. Depardieu G. , *Ça s'est fait comme ça*, Paris, XO Éditions, 2014, p. 8.

2. *Ibid.*, p. 12.

3. Ambert A. M. , *The Effect of Children on Parent*, New York, The Haworth Press, 2001, p. 186 - 189.

4. Depardieu G. , *Ça s'est fait comme ça*, *op. cit.*, p. 31.

5. *Ibid.*

6. Depardieu G. , *Ça s'est passé comme ça,*, *op. cit.*, p. 111 et p. 126.

7. *Ibid.*, p. 149.

8. 《Lettre de Gérard Depardieu à Ghislaine Thesmar》, *in* G. Thesmar, *Une vie en pointe*, Paris, Odile Jacob, 2018, p. 7 - 8.

9. Gary R. , *La Promesse de l'aube*, Paris, Gallimard, 1960. 编者注：中译名为《童年的许诺》（罗曼·加里著），人民文学出版社于2019年出版。

第十九章 情感填鸭扼杀依恋

1. Haynal A. , *Dépression et créativité*, Meysieu, Cesura Lyon Édition, 1987, p. 159.

2. Haynal A. , *Dépression et créativité*, Meysieu, Cesura Lyon Édition, 1987, p. 159 - 160.

3. Goertzel M. G. , *The Technique of Psychoanalytic*, New York, University Press, 1962.

4. Kobak R. , 《The emotional dynamus and disruptions in attachment relationships》, *in* J. Cassidy, P. R. Shaver (dir.), *Handbook of Attachment*, *op. cit.*, p. 35.

5. Cassidy J. , 《The nature of child's ties》, *in* J. Cassidy, P. R. Shaver (dir.), *Handbook of Attachment*, *op. cit.*, p. 6.

第二十章　安全感的来源是依恋而非爱

1. Gil Tchernia, communication personnelle, avril 2014.

2. FTP-MOI，一个非常活跃的犹太人抵抗组织，由自由狙击手、支持者和移民劳工组成，因被纳粹贴在墙上的红色海报通缉而知名。组织内的抵抗者都背负着死刑，由亚美尼亚人马努起亚（Manouchian）领导。我的叔叔雅克·斯穆勒维奇（Jacques Szmulewitch）是其中一个成员。

3. Communication personnelle, 2014.

4. Kobak R., 《The emotional dynamus and disruptions in attachment relationships》, *op. cit.*, p. 29.

第二十一章　当我们不懂何为幸福

1. Miller A., *Le Drame de l'enfant doué*, Paris, PUF, 1983; *C'est pour ton bien*, Paris, Aubier, 1985.

2. Straus P., Manciaux M., *L'Enfant maltraité*, Paris, Fleurus, 1982.

3. Bowlby J., *Attachement et perte*, Paris, PUF, 3 tomes, 1978 - 1984. 编者注：中译名为《依恋与丧失》（约翰·鲍尔比著），世界图书出版有限公司于2017—2018年分三卷出版，分别为《依恋》《分离》《丧失》。

4. Cyrulnik B., *Mémoire de singe et paroles d'homme*, Paris, Hachette, 1983, p. 122 - 126.

5. Miller M., *Le Vrai* 《Drame de l'enfant doué》. La Tragédie d'Alice Miller, *Paris*, *PUF*, 2014.

6. 《Lettre d'Alice Miller à son fils》, *in* M. Miller, *Le Vrai* 《Drame de l'enfant doué》, ibid., *p*. 8.

7. *Anaut M.*, Psychologie de la résilience, *Paris*, *Armand Colin*, 2015, *p*. 13.

8. *Miller M.*, Le Vrai 《Drame de l'enfant doué》, op. cit., *p.* 50 -
   51.

9. *Mazet P.*, *Stoléru S.*, Psychopathologie du nourrisson et du jeune
   enfant, *Paris*, *Masson*, 1998.

10. *Miller M.*, Le Vrai 《Drame de l'enfant doué》, op. cit.,
    p. 24.

11. Ibid., *p.* 124.

12. *Guénard T.*, Plus fort que la haine, *Paris*, *J'ai Lu*, 2000.

13. *Dumaret A.-C.*, 《Vivre entre deux familles, ou l'insertion à l'âge
    adulte d'anciens enfants placés》, *Dialogue*, 2001, 152, p. 63 -
    72.

14. Miller M., *Le Vrai* 《Drame de l'enfant doué》, op. cit., *p.* 148.

15. *Miller A.*, Chemin de vie, *Paris*, *Flammarion*, 1998.

16. 这是卡塔丽娜·鲁茨奇的措辞，她是爱丽丝·米勒的编辑。

17. *Miller A.*, C'est pour ton bien, op. cit.

18. *Schubbe O.*, 《Briser le mur du silence》, postface *in* Miller M., *Le
    Vrai* 《Drame de l'enfant doué》, op. cit., *p.* 183 - 184.

19. *Goldberg S.*, *Muir R.*, *Kerr J.*, Attachment Theory,
    Londres, *The Analytic Press*, 2000, *p.* 67.

20. *Miller M.*, Le Vrai 《Drame de l'enfant doué》, op. cit., *p.* 44 -
    45.

21. *Kershaw I.*, Hitler, *1889 - 1936*, *Paris*, *Flammarion*, 1998,
    p. 44.

22. *Kershaw I.*, Hitler, *1889 - 1936*, *Paris*, *Flammarion*, 1998,
    p. 49.

23. Ibid.

24. *Bettelheim B.*, Survivre, *Paris*, *Laffont*, 1979.

25. *Celan P.*, Fugue de la mort, *Paris*, *Belin*, 1940 – 2005. 编者注：中译名为《死亡赋格》（保罗·策兰著），北京联合出版公司于 2021 年出版。

26. *Kofman S.*, Rue Ordener, rue Labat, *Paris*, *Galilée*, 1994.

27. *Bazin H.*, Vipère au poing, *Paris*, *Grasset*, 1948, *et Dupays-Guieu A.*, 《*Vipère au poing*. L'écriture d'une violence intrafamiliale》, *Dialogue*, 2010, 187, p. 127 – 140.

28. Schwarz-Bart A., *Le Dernier des Justes*, Paris, Seuil, 1959.

29. Genet J., *Querelle de Brest*, Paris, Gallimard, 1953.

30. Depardieu G., *Lettres volées*, Paris, Jean-Claude Lattès, 1988.

第二十二章　居于想象的世界里

1. Ouaknin M. -A., 《L'art de la "Mahloket"》, *Tenou'a*, printemps 2018, 171, p. 9.

第二十三章　文字的舞台

1. Carrière J. -C., *La Controverse de Valladolid*, Paris, Flammarion, 2006.

2. Vercors, *Les Animaux dénaturés*, Paris, Le Livre de Poche, 2007.

3. Bischof N., 《The Biological Foundation of the Incest Taboo》, *Social Science Information*, 1973, XI (6), p. 7 – 36 et 《Éthologie comparative de la prévention de l'inceste》, *in* R. Fox, *Anthropologie bio-sociale*, Bruxelles, Complexe, 1978; Deputte B. L., 《L'évitement de l'inceste chez les primates non humains》, *Nouvelle Revue d'ethnopsychiatrie*, 1985, 3, p. 41 – 72.

4. Martinet A., *Éléments de linguistique générale*, Paris, Armand Colin, 1968.

5. Picq P. , *Qui va prendre le pouvoir ?*, Paris, Odile Jacob, 2017.

6. Zammatteo N. , *L'Impact des émotions sur l'ADN*, Aubagne, Éditions Quintessence, 2014.

7. Jordan B. , *Au commencement était le verbe. Une histoire personnelle de l'ADN*, Les Ulis, EDP Sciences, 2015, p. 50.

8. 斯坦尼斯拉斯·迪昂邀请了四位神经学家，以及一些哲学家、社会学家、心理学家和语言学家进行讨论，最后向教育部长让·米歇尔·布朗盖提交报告。

9. Ballet G. （dir. ）, *Traité de pathologie mentale*, Paris, Doin, 1903.

第二十四章　科学论述潜移默化的力量

1. Doerry M. , Wiegrefe K. 《*Mein Kampf*. Le livre le plus dangereux du monde》, *Books*, 2018, hors-série n̊ 13: *La Folie nazie*, p. 49.

2. Peter H. F. , *Nietzsche et sa soeur Elisabeth*, Paris, Mercure de France, 1978.

3. Darwin C. , *L'Origine des espèces*, Paris, Flammarion, 1999, p. 550 – 551. 编者注：中译名为《物种起源》，国内已有多个翻译版本。

4. Darwin C. , *La Descendance de l'homme*, p. 144 – 145, cité *in* A. Pichot, *Histoire de la notion de vie*, Paris, Gallimard, 1993, p. 773. 编者注：中译名为《人类的起源》，国内已有多个翻译版本。

5. Guéno J. -P. , *Paroles de Poilus. Lettres et carnets du front 1914 – 1918*, Paris, Librio, 2013.

6. La Boétie É. de, *Discours de la servitude volontaire* (1576), Paris,

Petite Bibliothèque Payot, 2002, p. 4. 编者注：中译名为《论自愿为奴》(艾蒂安・德・拉・波埃西著)，上海译文出版社于 2014 年出版。

7. Carrel A., *L'Homme cet inconnu*, Paris, Plon, 1935, p. 223.

8. *Ibid.*, p. 434 – 435.

9. Lafont M., *L'Extermination douce*, Lormont, Le Bord de l'Eau, 2000; Cyrulnik B., Lemoine P., *La Folle Histoire des idées folles en psychiatrie*, Paris, Odile Jacob, 2016, p. 111.

10. 真岛浩,《妖精的尾巴》，第 60 卷。

11. Sipriot P., *Honoré de Balzac*, *1799 – 1850*, Paris, L'Archipel, 1999, p. 136.

12. *Carrel A.*, *L'Homme cet inconnu*, *op. cit.*, *1935*, *p.* 37.

13. Le Robert, *Dictionnaire historique de la langue française*, tome II, p. 1658.

第二十五章　科学和集体想象

1. Le Carré J., *Le Tunnel aux pigeons. Histoires de ma vie*, Paris, Seuil, 2016.

2. Nisbett A., *Konrad Lorenz*, Paris, Belfond, 1979, p. 97.

3. Lorenz K., *Il parlait avec les mammifères, les oiseaux et les poissons* (1949), Paris, Flammarion, 1968; *Tous les chiens, tous les chats* (Vienne 1950), Paris, Flammarion, 1970; *L'Agression* (Vienne 1963), Paris, Flammarion, 1969.

4. Nisbett A., *Konrad Lorenz*, *op. cit.*, p. 138.

5. Spitz R. A., *La Première Année de la vie de l'enfant*, *op. cit.*

6. Bowlby J., *Soins maternels et santé mentale*, Genève, Organisation mondiale de la santé, 1951.

7. Ritvo S., Solnit S. A., 《 Influences of early mother-child.

Interaction on identification processes》, *in* S. Ruth, A. Freud (dir.) *Psychoanalytic Study of the Child*, tome XIII, New York, International Universities Press, 1958.

8. Nisbett A., *Konrad Lorenz*, *op. cit.*, p. 142.

9. Laborit H., *L'Agressivité détournée : introduction à une biologie du comportement social*, Paris, 10/18, 1970.

10. 《我的美国舅舅》(*Mon oncle d'Amérique*) 是阿伦·雷乃执导的电影，获得了 1980 年戛纳电影节评委会特别奖。

11. Wilson E. O., *On Human Nature*, Cambridge, Harvard University Press, 2004.

12. Morin E., Piattelli-Palmarini M., *L'Unité de l'homme*, 3 tomes, Paris, Seuil, 《Point》, 1978.

13. Cyrulnik B., Morin E., *Dialogue sur la nature humaine*, Paris, Éditions de l'Aube, 2010.

14. Rancière J., *Les Bords de la fiction*, Paris, Seuil, 2017, p. 13.

第二十六章　世事如戏

1. Aït-Touati F., *Contes de la lune*, Paris, Gallimard, 2011, p. 114.

2. Powers T., 《Dans la tête d'un juif》, *Books*, 2018, hors-série n° 13 : *La Folie nazie*, p. 81.

3. *Ibid.*, p. 84.

4. Bensoussan G., Dreyfus J.-M., Husson E., Kotek J., *Dictionnaire de la Shoah*, Paris, Larousse, 2009, p. 188 – 189.

第二十七章　科学家和小说家

1. Demeinex B., 《Les perturbateurs endocriniens nuisent au bon

développement du cerveau》, *La Recherche*, 2018, 533, p. 5 - 9.

2. 阿尔弗雷德·希区柯克，电影《后窗》(*Rear Window*), 1955 年。

3. André-Salvini B. , Cluzan S. , Corradini N. , Louboutin C. , Marino M. , *L'Aube des civilisations*, Paris, Gallimard/Larousse, 1999, p. 147.

4. Ariès P. , Duby G. , (dir.), *Histoire de la vie privée*, tome II, Paris, Seuil, 1985, p. 533 - 535.

5. *Ibid.*, p. 535.

6. Lejeune A. , Delage M. , *La Mémoire sans souvenir*, *op. cit.*, p. 156 - 157.

7. Gusdorf G. , *Lignes de vie*, tome I: *Les écritures du moi*, tome II, Paris, Odile Jacob, 1990, p. 200.

8. Ariès P. , Duby G. , (dir.), *Histoire de la vie privée*, *op. cit.*, p. 536.

9. 让-雅克·卢梭,《忏悔录》, Folio 出版社, 2009 年。

10. Serban Ionescu, communication personnelle, IIIe Congrès mondial sur la résilience, Université du Québec à Trois-Rivières, Canada, 2016.

11. Pennebaker J. W. , Paez D. , Rimé B. (dir.), *Collective Memory of Political Events*, New York, Psychology Press, 2008.

第二十八章　用言语表述眼中的世界

1. Rovee-Collier C. , 《The "memory system" of prelinguistic infant》, *The Annals of the New York Academy of Sciences*, 1990, p. 517 - 542.

2. Jones E. , 《La rationalisation dans la vie quotidienne》, *in* J.

Laplanche, J. -B. Pontalis, *Vocabulaire de la psychanalyse*, Paris, PUF, 1973, p. 389.

3. Lejeune A. , Delage M. , *La Mémoire sans souvenir*, *op. cit.*, p. 94 – 98; Bowlby J. , *Attachement et perte*, volume 1: *L'Attachement*, Paris, PUF, 1978.

4. Allouche M. , Masson J. -Y. , *Ce qu'il reste de nous. Les déportés et leurs familles témoignent*, Paris, Michel Lafon, 2005, p. 39.

5. Finzi R. , Cohen O. , Sapier Y. , 《Attachment styles of maltreated children: A comparative study child》, *Psychiatry and Human Development*, 2000, 31(2), p. 113 – 128.

6. Fivush R. , 《Constructing narrative, emotion and self in parent-child conversation about the past》, *in* U. Neisca, R. Fivush (dir.), *The Remembering Self: Construction of Accuracy in the Self-Narrative*, Cambridge, Cambridge University Press, 1994, p. 136 – 157.

7. Frankl V. , Man's Search for Meaning, Boston, Beacon Press, 1959, p. 123. 编者注: 中译名为《活出生命的意义》(维克多·弗兰克尔著), 华夏出版社于 2015 年出版。

第二十九章　以写作求生存

1. 路易·阿尔都塞, 《来日方长》(*L'avenir dure longtemps*), 后一部作品为《事实》(*Les faits*)。

2. Levi P. , *Conversations et entretiens*, Paris, 10/18, 1998, p. 165.

3. 路易·阿尔都塞, 《来日方长》, 同前。

4. Lejeune A. , Delage M. , *La Mémoire sans souvenir*, *op. cit.*, p. 202; Schacter D. , *à la recherche de la mémoire*, Bruxelles, De Boeck, 1999.

5. 鲍里斯·西瑞尼克, 《走出悲伤》, 巴黎, 2012。

6. 路易·阿尔都塞,《来日方长》,同前。

7. Colas A., Colloque 《Résilience》, Paris, Val-de-Grace, 16 avril 2018.

8. 路易·阿尔都塞,《来日方长》,同前。

9. 同上。

10. Artaud A., *Van Gogh. Le suicidé de la société* (1947), Paris, Gallimard, 2001.

11. Debray R., 《Pulsion》, *in* D. Houzel, M. Emmanuelli, F. Moggio (dir.), *Dictionnaire de psychopathologie de l'enfant et de l'adolescent*, *op. cit.*, p. 609 - 610.

12. Guedeney N., Guedeney A., *L'Attachement. Concepts et applications*, Paris, Masson, 2005, p. 9 - 10.

13. Rivers W. H. R., 《The repression of war experience》, *The Lancet*, 1918, 1, p. 173 - 177, *in* Schacter D., *À la recherche de la mémoire*, *op. cit.*, p. 243.

14. Clervoy P., 《Les suppliciés de la Grande Guerre》, *in* B. Cyrulnik, P. Lemoine, *La Folle Histoire des idées folles en psychiatrie*, Paris, Odile Jacob, 2016, p. 51 - 76.

第三十章　以写作求改变

1. 乔治·佩雷克,《W或童年回忆》,巴黎, 1993。

2. Genet J., *Fragments … et autres textes*, Paris, Gallimard, p. 85, *in* J. -P. Renault, *Une enfance abandonnée*, Paris, La Chambre d'échos, 2000.

3. Tucker D. M., Derry Berry D., Phan Luu, 《Anatomy and physiology of human emotion: Vertical integration of brain stem, limbic and cortical systems》, *in* J. C. Borod, *The Neuropsychology of Emotion*, Oxford, Oxford University Press, 2000, p. 56 - 79.

4. Cohen D. , 《The developmental being, modeling a probabilistic approach to child development and psychopathology》, *in* M. E. Garralda, J. -P. Raynaud (dir.), *Brain*, *Mind and Developmental Psychopathology in Childhood*, New York, Jason Aronson, 2012, p. 3 – 29.

5. Sartre J. -P. , *Les Mains sales*, Paris, Gallimard, 《Folio》, 1972. 编者注：中文名为《肮脏的手》(让-保罗·萨特著)。

6. Sartre J. -P. , *La Nausée*, Paris, Gallimard, 1938. 编著注：中译名为《恶心》(让-保罗·萨特)。

7. Brazelton T. , Sparrow J. , *Apaiser son enfant*, Paris, Fayard, 2004.

8. Renault J. -P. , *Une enfance abandonnée*, *op. cit.*, p. 26.

9. Genet J. , *Un captif amoureux*, Paris, Gallimard, 1986.

10. Genet J. , *Miracle de la rose*, Paris, Gallimard, 1956, p. 290.

11. Renault J. -P. , *Une enfance abandonnée*, *op. cit.*, p. 97.

12. 《Dossier Jean Genet. Assistance publique de la Seine. Archives de la DASES. Vagabondage à Toulon, 1926(16 ans)》, *in* I. Jablonka, *Les Vérités inavouables de Jean Genet*, *op. cit.*, p. 76.

第三十一章　泥淖中的珍宝

1. White E. , *Jean Genet*, *op. cit.*, p. 13 – 14.

2. *Ibid.*, p. 14.

3. 《四百击》(*Les Quatre Cents Coups*) 是法国导演弗朗索瓦·特吕弗 (François Truffaut) 执导的影片，于 1959 年上映。

4. Genet J. , *Notre Dame des Fleurs* (1943), Paris, Gallimard, 1976, p. 107.

5. Ledda S. , Schopp C. , *Les Dumas*, *batards magnifiques*, Paris, Vuibert, 2018.

6. Genet J., 《Entretien avec Bertrand Poirot-Delpech》, testament audio-visuel, 1982.

第三十二章　如何品鉴艺术作品中的恐怖

1. Anzieu D., *Le Corps de l'oeuvre*, Paris, Gallimard, 1981.

2. Wulf C., 《Mimésis et apprentissage culturel》, *Sciences psy*, juin 2018, 14, p. 74 - 77.

3. Lejeune A., Delage M., *La Mémoire sans souvenir*, op. cit., p. 232 - 233.

4. Sairigné G. de, *Mon illustre inconnu. Enquête sur un père de légende*, Paris, Fayard, 1998.

5. Fivaz-Depeursinge E., Phillip D., Delage M., Mc Hale J., *Le Bébé face au couple. Accompagner les familles avec les jeunes enfants*, Bruxelles, De Boeck, 2016.

6. Gary R., *La Promesse de l'aube*, Paris, Gallimard, 1960.

第三十三章　我的出身,我来幻想

1. Catonné J.-M., *Romain Gary*, *op. cit.*

2. 维尔诺 (今维尔纽斯 Vilnius), 自 18 世纪以来一直归属俄国, 直到 1920 年并入波兰, 曾是波兰犹太人聚居地, 民众使用俄语。

3. Boublil M., 《Secret des origines et origine du secret》, *Médecine et enfance*, mars 2018, 3, p. 73.

4. Freud S., 《Roman familial. Fantasme qui modifie imaginairement les liens avec ses parents》, 1909; d'abord intégré dans O. Rank, *Le Mythe de la naissance du héros*, Paris, Payot, 1983.

5. Robert M., *Roman des origines et origines du roman*, Paris, Gallimard, 1977.

6. Gary R., *L'Homme à la colombe*, Paris, Gallimard, 2004.

7. Cité *in* J. -M. Catonné, *Romain Gary*, *op. cit.*

8. Cyrulnik B. , *Les Nourritures affectives*, Paris, Odile Jacob, 1993.

9. 埃里克·巴比尔执导的传记片《童年的许诺》改编自罗曼·加里的同名小说，于 2017 年在法国上映。

10. Ajar É. , *La Vie devant soi*, Paris, Mercure de France, 1975.

11. Gary R. , *Les Cerfs-volants*, Paris, Gallimard, 1980.

12. Nachin C. , *Le Deuil d'amour*, Paris, L'Harmattan, 1998, p. 73.

13. Kekenbosch C. , *La Mémoire et le Langage*, Paris, Nathan, 1994, p. 35.

14. Faye J. -P. , *Le Langage meurtrier*, Paris, Hermann, 1996, p. 147 – 184.

第三十四章　幻想中的幸福

1. Cité *in* C. Nachin, *Le Deuil d'amour*, *op. cit.*, p. 166.

2. Spitz R. , *La Première Année de la vie de l'enfant*, *op. cit.*, p. 19.

3. *Cf*. Morin M. , *De la création en art et littérature*, Paris, L'Harmattan, 2017, p. 119.

4. *Ibid*.

5. Josefsberg R. , 《Souvenirs et devenirs d'enfants accueillis à l'Œuvre de Secours aux enfants（OSE》》（*in* F. Batifoulier, N. Touya（dir.), *Travailler en MECS. Maisons d'enfants à caractère social*, Paris, Dunod, 2014, p. 223 252）, cité in C. Jung, 《Que sont devenus les enfants placés dans les structures de l'OSE?》, *Bulletin de la Protection de l'Enfance*, décembre 2013, 59/60, p. 14 – 15.

6. Sartre J. -P. , *La Nausée*, Paris, Éditions Lidis, 1938, cité in A.

Clancier, *Fonctions de l'écriture de soi post-traumatique*, Paris, Anthropos, 1998, p. 43.

7. Clancier A. , *Fonctions de l'écriture de soi post-traumatique*, *ibid.* , p. 45.

8. Sartre J.-P. , *Les Mots*, Paris, Gallimard, 1963. 编者注：中译名为《文学生涯》（让-保尔·萨特著），人民文学出版社于 2018 年出版。

9. Tellier A. , *Expériences traumatiques et écriture*, Paris, Anthropos, 1998, p. 87.

10. Grossman D. , *Tombé hors du temps*, Paris, Seuil, 2012.

第三十五章　诗歌，悲怆之语

1. Celan P. , 《Fugue de mort》 (1945), *in Choix de poèmes*, Paris, Gallimard, 《NRF-Poésie》, 1998.

2. Zorn F. , *Mars*, Paris, Gallimard, 《Folio》, 1982.

3. Freud S. , *Breuer*, 1893 et 1895, *in* J.-F. Chiantaretto, *Écriture de l'histoire*, Paris, In Press, 1997.

4. Bataille G. , *in* Tellier R. , *Expériences traumatiques et écriture*, Anthropos, 1998, p. 13.

5. Levi P. , *Si c'est un homme* (1947), Paris, Julliard, 1987, p. 23. 编者注：中译名为《这是不是个人》（普里莫·莱维著），人民文学出版社于 2016 年出版。

6. Levi P. , *Si c'est un homme* (1947), Paris, Julliard, 1987, p. 264.

7. *Ibid.* , p. 186.

8. Levi P. , *Les Naufragés et les Rescapés. Quarante ans après Auschwitz*, Paris, Gallimard, 1989, p. 24. 编者注：中译名为《被淹没的与被拯救的》（普里莫·莱维著），中信出版集团于 2017

年出版。

9. Sudreau P., 《Un pas, encore un pas … Technique de survie au camp》, *Le Patriote résistant*, décembre 2002, n̂ 758.

10. Phrases de Marguerite Duras, extraites du documentaire de Robert Bober consacré à Pierre Dumayet, *Re-lectures pour tous*, grâce à Sylvie Gouttebaron, Maison des écrivains.

11. Baumeister R. F., Hastings S., 《Distortions of collective memory, how groups flatter and deceive themselves》, *in* J. W. Pennebaker, D. Paez, B. Rimé, *Collective Memory and Political Events*, Londres, Psychology Press, 2008, p. 277 – 293.

12. Vaillant G. E., *The Wisdom of the Edge*, Cambridge, Harvard University Press, 1997, p. 79 – 82.

13. *Ibid.*, p. 81.

第三十六章 书写痕迹

1. Freud S., *Esquisse d'une psychologie scientifique* (1895), Paris, PUF, 1956. 编者注：中译名为《科学心理学大纲》（弗洛伊德著），目前国内未有完整译本。

2. Laplanche J., Pontalis J.-B., *Vocabulaire de la psychanalyse*, Paris, PUF, 1975, p. 172.

3. Hübel D., Wiesel T., 《Brain mecanisms of vision》, *Scientific American*, 1979, 24(1), p. 150 – 162.

4. Scarr S., 《Biological and cultural adversity: The legacy of Darwin for development》, *Child Development*, 1993, 64, p. 1333 – 1353.

5. Stern D., 《L'enveloppe pré-narrative》, *in* A. Konichekis, J. Fores (dir.), *Narration et psychanalyse*, Paris, L'Harmattan, 1999, p. 101 – 119.

6. Cyrulnik B., Peschanski D., Eustache F., *Mémoire et*

traumatisme, Montpellier, 19 septembre 2018.

7. 《Le prince Dragon》, conte anonyme, *in* B. Cyrulnik (choix et présentation), *Les Plus Beaux Contes de notre enfance*, Paris, Bibliothèque nationale de France Éditions, 2018, p. 194.

8. Cyrulnik B. , *Les Plus Beaux Contes de notre enfance*, *ibid*.

9. Winnicott D. , *La Capacité d'être seul*, Paris, Petite Bibliothèque Payot, 1958.

10. Sampson F. , *In Search of Mary Shelley*, Londres, Profile, 2018.

11. Cottret M. , Cottret B. , *Jean-Jacques Rousseau*, Paris, Perrin, 《Tempus》, 2011, p. 34.

12. *Ibid*.

第三十七章　书写回忆

1. Eustache F. (dir.), *Mémoire et émotions*, Paris, Le Pommier, 2016.

2. Baddeley A. , *La Mémoire humaine. Théorie et pratique*, Grenoble, PUG, 1993.

3. Bretherton I. , Munholland K. A. , 《Internal working models in attachment relationships》, *in* J. Cassidy, P. R. Shaver (dir.), *Handbook of Attachment*, *op. cit.* , p. 89 - 111.

4. Rauch S. L. , Whalen P. J. , Shin L. M. , McInerney S. C. , Macklin M. L. , Lasko N. B. , Orr S. P. , Pitman R. K. , 《Exaggerated amygdala response to masked facial stimuli in posttraumatic stress disorder: A functional MRI study》, *Biological Psychiatry*, 2000, 47(9), p. 769 - 776.

5. Caria A. , Sitaram R. , Veit R. , Regliomini C. , Birbaumer N. , 《Volitional control of anterior insula activity modulates the response to

aversive stimuli: A real-time functional resonance imaging study》，*Biological Psychiatry*，2010，68(5)，p. 425 - 432.

6. Nijenhuis E. R.， Vanderlinden J.， Spinhoven P.， 《Animal defensive reactions as a model for trauma-induced dissociative reactions》，*Journal of Traumatic Stress*，1998，11，p. 243 - 260.

第三十八章　描述的一致与分歧

1. James W.， *The Principles of Psychology*，New York，Holt，1890. 编者注：中译名为《心理学原理》(威廉·詹姆斯著)，北京大学出版社于 2013 年出版。

2. Pennebaker J. W.， 《Writing about emotional experiences as a therapeutic process》，*Psychological Science*，1997，8(3)，p. 162 - 166.

3. Miller G. A.， Gallamber E.， Pribam K.， *Plans and the Structure of Behavior*，New York，Holt，1986，cité *in* B. Rimé，*Le Partage social des émotions*，Paris，PUF，2005，p. 311.

4. Delgado-Morales R.， Roma-Mateo C.， 《L'épigénétique》，*Les Défis de la Science*，*Le Monde*，2018.

5. Miller P.， Sperry L. L.， 《Early talk about the past: The origins of conversational stories of personnel experience》，*Journal of Child Language*，1988，15(2)，p. 293 - 315.

6. Bruner J.， *Car la culture donne forme à l'esprit*，Paris，Eshel，1991.

7. Rey A.， *Dictionnaire de la langue française*，Paris，Le Robert，2012，p. 1129.

8. Rimé B.， *Le Partage social des émotions*，*op. cit.*，p. 375.

第三十九章 书写的教益

1. Lacassin F. , *Jack London ou l'écriture vécue*, Paris, Chritian Bourgois, 1994.

2. Benamou M. , Fournel P. , Oulipo (Association), *Anthologie de l'Oulipo*, Paris, Gallimard, 2009.

3. Rimé B. , *Le Partage social des émotions*, *op. cit.*

4. Chaput-Le Bars C. , *Traumatisme de guerre. Du raccommodement par l'écriture*, Paris, L'Harmattan, 2014, p. 200.

图书在版编目（CIP）数据

我在深夜书写太阳：文字、记忆与心理复原/（法）
鲍里斯·西瑞尼克著；陈霞译. —上海：上海文化出
版社，2022.1
ISBN 978 - 7 - 5535 - 2346 - 0

Ⅰ. ①我… Ⅱ. ①鲍…②陈… Ⅲ. ①写作—关系—
精神疗法 Ⅳ. ①H05②R749.055

中国版本图书馆 CIP 数据核字（2021）第 150619 号

图字： 09 - 2021 - 0567 号

出 版 人：姜逸青
策 划：小猫启蒙
责任编辑：赵 静 任 战
封面设计：DarkSlayer

书 名：我在深夜书写太阳：文字、记忆与心理复原
作 者：［法］鲍里斯·西瑞尼克
译 者：陈 霞
出 版：上海世纪出版集团 上海文化出版社
地 址：上海市闵行区号景路 159 弄 A 座 3 楼 201101
发 行：上海文艺出版社发行中心 www.ewen.co
 上海市闵行区号景路 159 弄 A 座 2 楼 201101
印 刷：苏州市越洋印刷有限公司
开 本：889×1194 1/32
印 张：8.125
印 次：2022 年 1 月第一版 2022 年 1 月第一次印刷
书 号：ISBN 978 - 7 - 5535 - 2346 - 0/I.908
定 价：59.00 元

敬告读者：如发现本书有质量问题请与印刷厂质量科联系 T：0512 - 68180628